集英社オレンジ文庫

たとえあなたが骨になっても

死せる探偵と祝福の日

菱川さかく

本書は書き下ろしです。

たとえあなたが骨になっても

死せる探偵と祝福の日

contents

イラスト／清原　紘

［プロローグ］

うっすらと瞼《まぶた》を開く。

最初に視界に入ったのは、しみの浮いた天井板と、埃《ほこり》がこびりついた蛍光灯だ。

僕は顔をゆっくりと横に向けて、押し入れの襖《ふすま》を眺めた。昨晩と変わった様子がないことに安心して、緩慢な動作で身を起こす。

ベッドの端に腰かけると、スプリングがぎぃと断末魔のような音をたてた。年代物の学習机に置かれた目覚まし時計の針は、七時三十八分を指している。家の中はしんと静まりかえっており、一階の両親も、向かいの部屋の妹もまだ寝ているようだ。

僕は毛布を肩に羽織って、おもむろに立ち上がった。

冬の朝の空気は凍えるような冷気を帯びて、吐く息に白が混じる。

祖父の代に建てられた木造二階屋は、裏道をトラックが通るたびにガタガタと振動する脆弱《ぜいじやく》な構造をしており、歪んだ外壁の隙間《すきま》から冬の息吹《いぶき》が這《は》うように侵入してくる。

その上、梅雨の時期には、家の隅々《すみずみ》にある闇《やみ》だまりから、生温《ぬる》い黴臭《かびしゆう》が漂ってくる。

妹はそんな古めかしい家を毛嫌いしているようだが、僕はここでの生活をいたく気に入っていた。

理由は明確だ。

「おはようございます、凜々花《りりか》先輩」

僕は押し入れに向かって呼びかけた。

「おはよう、雄一《ゆういち》くん」

暗夜に揺らめく蠟燭《ろうそく》の炎のような、妖艶《ようえん》で憂《うれ》いを帯びた声が返ってくる。

僕には同居人がいる。

後光院《こうこういん》凜々花。それが彼女の名前だ。

高校の一学年上の先輩で、訳あって、この冬から僕の部屋に住んでいる。

立てば芍薬《しゃくやく》、座れば牡丹《ぼたん》、歩く姿は百合《ゆり》の花。美人を花にたとえる古い慣用句があるけれど、先輩には相応《ふさわ》しくない。なんせ彼女の美貌《びぼう》は、花すら平伏するほど圧倒的なものなのだから。その上、教師も驚嘆するほどの優れた知性も備え、あらゆる生徒の注目を集める存在だった。

密《ひそ》かに想いを寄せていた憧《あこが》れの先輩と暮らせているのだから、不満などあろうはずがない。劣悪な住環境も、凜々花先輩と一緒なら優雅な花園のようにすら思えてくる。

色褪《あ》せた畳を踏みしめて、僕は押し入れの戸を横に引いた。僕が持つ中で一番上等な毛布を敷き詰めた薄暗い空間に、先輩はいつものように凜《りん》とした姿で鎮座《ちんざ》している。

「先輩、よく眠れましたか」

尋《たず》ねると、彼女は少し間を置いてゆっくりと答えた。

「どうかしら、考え事をしていたから」

「何を考えていたんですか」

「勿論《もちろん》、この前あなたが見つけてきた殺人事件のことよ」

およそ女子高生らしくない思考内容が明かされる。

花もうらやむ美貌を備えた彼女だが、美容や恋愛といった一般女性が好む話題には一切興味を示さない。

凜々花先輩が愛しているのは未知の謎だけだ。

先輩は高校で探偵部という部活を立ち上げ、数々の問題を解決してきた。その上、警察にも協力して難事件に挑むスーパー女子高生探偵だったのだ。

そんな彼女は、僕を見上げながら、淡々と言った。

「それに、今のわたしは眠る必要もないでしょう」

「まあ、そうかもしれないですけど……」

「ふふ、ある意味では疲れ知らずになって、思考がはかどるわ。自ら動けないのが唯一残念な点だけれど」

「……」

天が万物を与えたはずの彼女には、たった一つ問題がある。

それは既《すで》に死んでしまっていることだ。


あなたのことが死ぬほど好きだ。

テレビドラマや映画や小説、現実でも時々そういう言葉を耳にすることがある。

なるほど、命を懸けても惜しくないほどに、相手に惚《ほ》れ込んでいるのだろう。

しかし、こう言える人間はあまり多くはないのではないだろうか。

いいい、いいい、あなたが死んでも好きだ——。


夏の終わりに、凜々花先輩はとある事件で殺されて山に埋められてしまった。

数カ月に渡る必死の捜索で、僕はなんとか彼女の遺体を見つけ出し、密かに掘り出すことに成功した。しかし、長らく土の下にいたせいで、艶《つや》のある長い黒髪は抜け落ち、切れ長の濡れた瞳は暗い眼窩《がんか》にとって代わり、淡雪のような白く滑らかな肌は、腐って剥がれ落ちてしまった。

つまり、簡単に言うと、先輩は骨になってしまった。

押し入れに安置された美しい頭蓋骨《ずがいこつ》に、僕はそっと指先を触れる。

彼女の外見を構成する多くのものは失われてしまったけれど、僕にとっては瑣末《さまつ》な問題だった。姿かたちがリン酸カルシウムになり変わろうとも、僕の気持ちは変わらない。当然、彼女の骨を誰にも渡すつもりはなかった。

「先輩、今日はどうしますか？」

死してなお気品の漂う先輩の頭蓋骨に、僕は話しかけた。

「決まっているわ。事件の調査に向かうわよ」

「そうなると思っていました」

わずかに声を弾ませる凜々花先輩に、僕は頷《うなず》いてみせる。

探偵部の頃から、先輩は気になる謎があると、その他の事項の優先順位が著《いちじる》しく低下するのだ。部員だった僕は、事件が起きるたびに、昼夜問わず飛んでくる先輩の指示に振り回されてきた。

たとえその身が骨になっても、先輩は妖《あや》しく美しく聡明なままで、僕はそんな彼女に片想いを続けている。

だから、先輩が生きていようが、死んでいようが、二人の関係は変わらない。

少なくとも、この時の僕は、心からそう信じていた。

［第一話］

シンデレラの小指

朝戸雄一《あさとゆういち》。十六歳。高校一年生。

雄々《おお》しく成長して欲しいとの親の願いが込められた名前に反して、小柄で、華奢《きやしや》で、中学までよく女子に間違えられていたことを除けば、僕はどこでもいる普通の高校生だ。

ただ、どんな人間でも一つくらいは特技があったりするもので、こんな僕にも一応特技と呼べるものがある。

といっても、研鑽《けんさん》の末に身につけた技術というわけではなく、生まれつきの体質のようなものだから、胸を張って誇れるものではないし、実際これまで特技について話題に出したことすらほとんどなかった。

その内容というのも、単に話ができるという至極単純なものだ。

敢《あ》えて言えば、相手が少し特殊というだけで。

§

「なるほど。そういう経緯で小指をなくされたのですね」

僕は頷《うなず》きながら、目の前の人物の左手に視線を向けた。

その人物は五本存在する指のうち、もっとも細く頼りない一本——小指が極端に短かった。それはちょうど第二関節の位置で寸断され、傷口を覆《おお》うように肉がこんもりと盛り上がっている。

「お時間取らせてすみませんでした。では失礼します」

踵《きびす》を返して立ち去ろうとすると、もう帰るのかよ、と声が聞こえた。

名残惜しそうな声色《こわいろ》に、僕は背後を振り返る。

そこに横たわっているのは、筋骨隆々のたくましい男だった。衣服はいっさい身に着けておらず、くすんだ竜の刺青《いれずみ》がその全身を覆っている。薄く開かれた瞼《まぶた》の奥から、濁《にご》った瞳が僕をぼんやりと見つめていた。

「はい、もう用事は済みましたので。どうかお元気で」

それも妙な挨拶《あいさつ》だと思いながら、去り際に男の体を一瞥《いちべつ》する。

失われた小指以外に目がいくのは、大きな胸の穴だろう。比喩《ひゆ》ではなく、男の胸には実際に穴が開いていた。幅五センチ、深さ二十センチに及ぶそれは、ドスのような鋭利な刃物で男の心臓が抉《えぐ》られたことを物語っている。

無機質な蛍光灯が照らす室内は、やけに肌寒く、鼻腔《びこう》を刺激する独特の香りが充満していた。

「ご希望の死体には出会えたかい。朝戸くん」

出口に向かうと、腕を組んで壁にもたれかかった男が話しかけてきた。

すらりとした長身で、緩いウェーブのかかった髪に、端整な顔立ちをしている。年齢はおそらく三十代と思われるが、実際のところよくわからない。病的なほど真っ白な肌と、体温を感じさせない眼差《まなざ》しは、精巧な蠟《ろう》人形のようでもある。

「いえ、残念ながら違いました」

答えると、男は軽く肩をすくめた。

「そうか。最近出た左手の小指がない死体といえば、これしかないと思ったが。お役に立てなくて悪かったね」

「そんな、黒野《くろの》先生には本当にいつもお世話になっています」

相手の男はこう見えても医師であり、法医学者という肩書きを持っていた。

ここは彼が所属する法医学教室の死体安置所。

焼死体。水死体。轢《れき》死体。様々な異状死体が日夜運び込まれ、臓器から血管の一つ一つに至るまでが丹念に調べられる。

そして、僕がさっきまで話していた刺青の男も、そんな死体の一つだった。

「なに、構わないさ。また困ったらいつでも連絡したまえ」

死体の乗った台を遺体保冷庫に押し込みながら、黒野医師は言った。

彼は三度の飯より解剖が好きで、生きている人間にはあまり興味がないようだが、過去にとある事件で知り合って以来、僕はなぜかいたく気に入られていた。一介の高校生である僕が、こうして変死体と対面できるのも、この法医学者のおかげだ。

帰り支度を整えてリュックを背負うと、黒野医師が声をかけてきた。

「ところで、前から気になっていたんだが、君はリュックをとても丁寧に扱うよね」

「そうですか？　まあ、貴重品も入っていますし」

僕は背中に担いだリュックを振り返る。

「貴重品とは財布や携帯電話のことかね」

「他に何があるというのですか」

黒野医師は、長い人さし指で顎《あご》を撫《な》でた。

「そうだな。例えば……君の恋人、とか」

「あはは、どうして恋人がリュックに入っているんですか。面白い冗談ですね」

僕は声を上げた。黒野医師も、ふふ、と息を漏《も》らした。

二人とも目は笑っていなかった。僕たちのやり取りはいつもこんな感じだった。

外に一歩出ると、身を刺すような寒風に迎えられた。

室骸町《むろがいちょう》、というどこか不吉な名を冠したこの町は、四山《しざん》と呼ばれる四つの峰《みね》に囲まれた盆地に位置している。冬は日本海を流れてくる冷たい風が町の底に吹き溜まり、その隅々《すみずみ》までを凍《い》てつかせる。

鉛色《なまり》の空の下、コートの襟《えり》もとを押さえながら、僕は家路を急いだ。

最寄りのバス停で降り、朽ちかけた木造二階屋に辿《たど》り着く。玄関で靴を脱ぎ、二階の自室でドアの鍵を閉めると、僕はようやく一息ついた。

「外は一段と寒いですよ。先輩」

ヒーターの電源を入れながら、リュックを丁寧に畳に下ろす。

「わたしにはわからないけど、一月半ばだから当然ね。降雪がないだけましでしょう」

艶《つや》のある、憂《うれ》いを帯びた声が、鼓膜にそっと侵入してくる。

僕は足元に置いたリュックに両手を差し入れ、中のものをゆっくりと取り出した。

「凛々花《りりか》先輩、狭くありませんでしたか」

現れたのは人間の頭蓋骨《ずがいこつ》だ。

女性の一般的なサイズより少し小ぶりで、美しく気品のある骨格をしている。

僕は勉強机にハンカチを敷き、上に頭蓋骨を静かに置いた。正面から眺めると、暗い眼窩《がんか》に端整な切れ長の瞳が、剝《む》き出しの歯には薄い紅色の唇がぼんやり浮かび上がる。その端がうっすら持ち上げられた。

「ふふ、埋められていた時を思えば、大したことはないわ」

数少ない僕の特技。

それは死者と会話ができるということだ。

この一風変わった体質に気づいたのは子供の頃、祖父の葬式で死んだはずの本人と話をしたのが発端だった。棺《ひつぎ》に横たわる祖父が「みんな、何やっとるんだ」と不思議そうに周りを見るので、僕は「おじいちゃんが生きてるよ」と皆にふれてまわった。今思えば死体にぼんやり浮かんだ魂を見ていたのだろう。

親戚の皆は、お祖父ちゃん子だった僕の健気な願望だと涙したが、僕があまりに同じことを繰り返すので、遂には両親に外に連れ出されひどく怒られたことを覚えている。

当時は何かの間違いかと思ったが、以降も親戚の葬式で同じ現象に遭遇し、僕は自身の特殊な体質を確信した。しかし、祖父の一件以来、僕は親戚から変わった子だと認識されたようだ。だから、この体質のことは誰にも言わず、なるべく目立たずひっそりと生きていく予定だった。

その方針が大きく変わったのが、先輩との出会いだ。

「予想はしていたけれど、期待通りの結果ではなかったわね」

机に置いた凜々花先輩の頭蓋骨が、わずかに弾んだ声を出した。

「先輩、なんだか楽しそうですね」

「謎はすぐに解けないほうが面白いわ」

先輩は暗い瞳を輝かせる。

高校入学時、偶然見かけた彼女の姿に魅入られてしまった僕は、先輩が作ったばかりの探偵部への入部を決め、面接に臨むことにした。本来、部活に面接試験などないはずだが、彼女の場合は不思議とそれがまかり通ってしまう。そして、その場でこれまで誰にも話したことのなかった自身の特殊体質を明かした。なぜかこの人になら話しても大丈夫だと感じたのだ。

先輩の魅力に囚《とら》われた多くの入部志願者が軒並《のきな》み不採用になる中、死者と話せるという僕の荒唐無稽《こうとうむけい》な話を聞いた先輩は、妖艶《ようえん》な笑みでたった一言「面白いわね」と言った。

かくして僕は数少ない探偵部員の一人となり、時に横暴な先輩の指示に従って、様々な事件に無理やり首を突っ込むことになった。

そして、それは今でも変わらない。

死んでも謎への情熱を失わない彼女は、自身の頭蓋骨を僕のリュックに入れさせてあちこち持ち歩かせる。おかげで今日は黒野医師に妙な疑われ方をしてしまった。

「さっき見た死体は確かに小指がありませんでしたが、人違いですよね」

「いわゆる指詰め、という暴力団の慣習によるものね。探し人ではなかったわ」

頭蓋骨にぼんやり浮かんだ先輩の瞳が、机の端に置かれた魔法瓶《びん》に向いた。

中には保冷剤とともに、ラップにくるまれた細長い形状のものが入っている。

先輩は楽しそうに、今彼女が最も関心を向ける謎を口にした。

「この小指を落としたシンデレラは、一体どこにいるのかしら」


昨晩のことだった。

「ねえ、雄一。これなんだと思う？」

髪をサイドテールにまとめた少女が、道端に落ちていたものを拾い上げて言った。

真紅のコートに、朱色のチェックのマフラーという赤ずくめの姿で、くりくりと動く大きな瞳は好奇心旺盛《おうせい》な子リスを思わせる。

榎並京子《えなみきようこ》。隣に住む幼馴染《おさななじみ》であり、現在は二人しかいない探偵部の同期でもある。

「さあ？　それよりもう二十一時だよ。寒いし暗いし、そろそろ帰らない？」

「何を言っているの。まだ回り始めたばっかりじゃない。こうしている間にも事件が起こっているかもしれないのよ」

京子は僕の切実な訴えをあっさり却下した。

凍える一月の夜に、パトロールに出るという無謀な提案をしたのはこの幼馴染だった。先輩亡き後、探偵部部長の座を継いだ彼女は、使命感に燃える瞳で言った。

「ここ最近、町の犯罪率が上がっているのを知っているでしょ。探偵部員の私たちがこの町を守らなきゃ」

「それは警察の仕事だと思うけど」

「意識が低いわね。そんなんじゃ探偵部員失格よ」

僕は失格でも一向に構わないのだが、火に油を注ぎそうなので口にはしない。

生前の凜々花先輩が探偵部に採用したのは、僕と京子の二人だけだ。

僕の場合は死体と話せるという特殊な体質を買われて。京子は明るく快活、愛想も良く誰とでもすぐに打ち解ける性格で、情報収集にうってつけとの理由だが、幼馴染の僕にだけは全《まった》く容赦《ようしゃ》がない。

「凜々花先輩がいなくても、ちゃんとやっていることを示さなきゃ」

「うん、わかったよ」

僕は京子の熱い決意に渋々応じた。

実際、先輩の頭蓋骨は僕が背負うリュックに入っているのだが、彼女が死んだことを知らない京子に伝えるわけにはいかない。

先輩は公《おおやけ》には行方不明という扱いになっているからだ。

凛々花先輩を強く慕っていた京子が、その死を認識すればひどくショックを受けるだろう。ただ、以前に比べると、状況を受け入れて少しでも前を向こうとしているようにも見える。先輩不在の中、探偵部部長の座を継いだのも、そんな決意の表れだろう。

「で、なんだっけ」

「ほら、これよ。なんだと思う？　今、足裏に変な感触があって見つけたんだけど」

京子は右手に握ったものを僕のほうに突き出した。小ぶりで細長い形状をしているが、暗くてよく見えない。ちょうどこの辺りは街灯の明かりが切れていた。

「京子、懐中電灯持ってたよね」

「あ、そうだった」

幼馴染はコートのポケットから懐中電灯を取り出し、それに光を向けた。僕は目を細めて、京子の掌《てのひら》に乗ったものを凝視する。

「ええと、これは指……小指だね」

「えっ？」

京子は慌てて握ったものを放り投げた。それを拾い上げた僕は、青ざめた京子から懐中電灯を受け取り、再度まじまじと観察した。

指は第二関節の辺りで切断されている。次に地面を照らすと、すぐそばにティッシュの断片が落ちていた。おそらくこれにくるんでいたのだろう。

「ね、ねえ、雄一。それって本当に……？」

「うん、指だよ。よくできた作り物だけど」

僕が言うと、京子は途端にほっとした顔で胸を撫でおろした。

「なんだ、びっくりした。まあ、私も悪趣味な悪戯《いたずら》だってわかっていたけどさ」

京子は強がりながら、唇を小さく尖《とが》らせる。

「でも、せっかく事件かと思ったのに」

「一応、落とし物だから、後で警察に届けておくよ」

僕は何食わぬ顔で拾った指をポケットに入れ、パトロールを再開することにした。

そして、何事もなく巡回は終了した。

唯一、京子の拾い物を除いて。

僕はポケットに手を入れ、中のものを取り出す。

数多《あまた》の死体と対面しているからわかる。これは間違いなく本物の小指だった。

「なるほど、確かに本物ね」

部屋に戻った僕は、リュックから取り出した先輩に、早速拾った小指を見せた。

警察に届けると言ったのは嘘《うそ》だ。僕は死体に宿った魂と会話ができるけれど、過去の経験上、死者の魂が消える条件が三つあることを知っている。

一つは魂の依《よ》り代《しろ》となる遺体の損傷が激しい場合。

もう一つが、自殺の場合。

そして、最後の一つはこの世に未練がなくなった場合。

凜々花先輩の魂は今、目の前の頭蓋骨に宿っているけれど、思い残すことがなくなれば消えてしまうかもしれない。だから僕は少しでも長く一緒に過ごせるように、先輩が好みそうな謎を見つけたら、積極的に提供するようにしていた。

彼女はどんな美しい花より、こういった猟奇《りょうき》的な落とし物のほうを好むことを僕は知っているから。

案の定、先輩の暗い瞳は、好奇心の光を湛《たた》えていた。

「サイズと質感は女性のものね。薄いパープルのマニキュアに、星をまぶしたようにラメがあしらわれている。身なりには気を遣っていたと想像できるわ。なめらかな切り口は、刃物で人為的に切断されたことを示している。出血という生体反応が乏しいことから、死亡後に切り取られているけど、まだそれほど時間は経《た》っていない。皺《しわ》の具合や皮膚《ひふ》の萎《い》縮《しゅく》の程度からおそらく二十代後半から三十代前半」

　先輩は指を一瞥しただけで、すらすらと所見を述べていく。

「それで、どうしましょうか」

「勿論《もちろん》、持ち主を探すのよ」

　弾んだ調子で、彼女は予想通りの答えを口にした。

「ふふ……ガラスの靴を手掛かりに、シンデレラを探し求める王子の心境ね」

　ガラスの靴と小指では、同じ落とし物でもかなり趣《おもむき》が異なると思ったが、先輩が喜んでくれているようだから、それで構わない。

「雄一くん。それじゃあ、例の法医学者に電話をして」

「黒野先生ですか。どうして急に？」

　死体に傾倒しているあの変わった医者が、僕は少し苦手だった。彼からはなんとなく同類と思われている気がするのだが、僕が興味を持っているのは先輩だけなのだ。

「シンデレラ探しに決まっているでしょう。まともな状況で小指が切断されたとは考えにくい。小指のない変死体が最近出ていないかを確認するの」

　そう言われると、反論のしようがない。

僕はスマホを取り出し、黒野医師の番号を呼び出すことにした――

「――でも、結局人違いでしたね」

事件の発端を思い返しながら、僕は机に置いた先輩の頭蓋骨に言った。

黒野医師に電話をしたところ、確かに小指のない死体があるとのことだった。それで早速出かけたわけだが、死体は抗争で亡くなった暴力団員で、小指がないのも仕事の失態で指を詰めたことによるものだった。残念ながら、僕たちの探しているシンデレラとは全くの別人だ。少なくとも性別くらいは事前に確認しておくべきだった。

「先輩、次はどうしましょうか」

「近道が駄目なら、地道にやるしかないわね。小指の落ちていた現場を調べましょう」

変死体の確認は徒労に終わったが、先輩はむしろ嬉《うれ》しそうに答えた。難しい謎であればあるほど、死んでいるはずの彼女は生き生きとしてくる。

「いつ行きますか？　もう雪が降り始めたみたいですけど」

僕が窓の外を見て言うと、先輩は黙ったまま妖艶な笑みを返した。

――十分後。

リュックを背負った僕は、降雪の中、ひとけのない街角を歩いていた。先輩の指示に従い、小指を拾った現場を改めて訪ねることにしたのだ。

探偵部にいた頃から、ひとたび事件が起こると、凜々花先輩は昼夜関係なく僕を捜査に付き合わせていた。ある意味非常にブラックな環境だったが、先輩と二人でいられる時間はとても幸せなものでもあった。勿論、今も先輩はリュックの中で一緒だが、誤算だったのは、家を出る時に隣家の幼馴染に見つかったことである。

「土曜日の昼過ぎなのに静かねぇ。でも、こんな時こそ凶悪事件は起こるのよ」

真っ赤なコートを着た京子は、油断のない目線を辺りに配っている。どこに行くのと聞かれ、咄嗟《とっさ》に散歩と答えたのがよくなかった。「じゃあ、ついでにパトロールするわよ」と付いてきたのだ。

「え、またパトロール？」

「文句ある？　いつ事件が起こるかわからないんだから、探偵部の私たちが常に目を光らせておかなきゃ」

僕の抗議は当然のごとく無視され、仕方なく京子を連れたまま、冬枯れの街路樹が並ぶ通りを歩いた。

灰色に濁った空。白く染まったアスファルト。風化したモノトーンの景色はダムの底に沈んだ町を連想させる。唯一、京子のまとうコートの赤だけが鮮やかに映《は》え、雪の平原に落ちた血の染みのように見えた。

やがて、僕たちは小指を拾った現場へと辿り着いた。

「あれ？　ここって、作り物の指が落ちていたところよね。そういえばあの指は警察には届けたの？」

「うん、一応ね」

僕は嘘をついた。普段から表情の変化に乏しいため、僕の嘘は昔からばれにくい。ただ先輩にはすぐに見抜かれてしまうけれど。

「雄一くん、周りを見せて」

リュックの中から先輩の声が聞こえてくる。僕だけに届く死者の言葉だ。

僕は周辺を確認するように、その場でゆっくりと回転した。

リュックには小さな穴が幾つも開けてあり、先輩が外を見られるようになっていた。小指を拾った時は、夜で街灯も切れていたため周囲の状況がよくわからなかったが、辺りは切断された小指という猟奇的なイメージにはほど遠い閑静《かんせい》な住宅街だ。

「先輩、どうですか？」

僕はリュックに小声で尋《たず》ねた。

「そばに駐車場があるのね」

言われて顔を上げると、小指の落ちていた場所のすぐ脇に三台分の駐車スペースがある。今は年季の入った白いセダンが一台停まっているだけだ。

「それがどうかしたんですか？」

「さあ、どうもしないわ」

先輩がはぐらかすのはいつものことだ。古今東西の名探偵と同じく、彼女も考えがまとまるまではそれを助手には教えてくれない。

「雄一。何やってんの。さっさとパトロールを続けるわよ」

痺《しび》れを切らした幼馴染が、後ろから僕のリュックを掴《つか》んで引っ張る。

「ん？　なんか硬いの入ってるけど、これなんなの？」

「……え？」

とくんと心臓が音を立てた。京子が不審な顔で距離を詰めてくる。

「パトロールに何を持ってきているわけ？　捜査に役立つ道具？」

「いや、別に見せるようなものじゃないから」

「逆に怪しいわね。いいからちょっと見せなさいよ」

幼馴染は探偵部部長の顔になって迫ってくる。僕は脈が少し速くなるのを感じた。

勿論、先輩の頭蓋骨が入っているとは口が裂けても言えない。

僕はかすかな動揺を悟られないよう、なるべくゆっくりした手つきでリュックの中に手を入れた。

「……わかったから」

「ほら、早く」

取り出したのは魔法瓶だ。

「冷えるかと思ってお湯を持ってきたんだ」

「なんだ。それならそう言いなさいよ」

京子は興味を失った様子で、肩をすくめた。

危ないところだったが、中に入っているのはお湯ではない。現場検証に当たって、一応証拠品となる指を持ってきておいたのが幸いした。ちなみに、証拠品の鮮度を保つために、保冷剤を詰めた魔法瓶で保存するよう指示したのは先輩だ。今後、僕はこれでお茶を飲むたびに、指のことを思い出すだろう。

「雄一くん。そろそろお腹《なか》がすいたんじゃないかしら。一旦《いったん》、休憩しましょう」

リュックの中の先輩は特に気にする様子もなく、僕に次の指令を下した。

駐車場の隣に、喫茶店と思われる二階建ての建物がある。ここで休もうという提案だ。

そういえば死体安置所に行ってから、何も食べていないことを思い出した。とはいえ、捜査中の先輩は、僕の空腹を気遣うような思いやりは持ち合わせていないため、何か別の目的があるのだろう。

京子に提案すると、彼女は大きく頷いた。

「パトロール中だけど、仕方がないわね。腹が減っては戦《いくさ》もできないし」

幼馴染はしっかり昼食を摂《と》ったようだが、店の前のメニュー板に書かれた、チョコレートパフェデラックスという単語に敏感に反応した様子だ。

入り口を押し開けると、ドア鈴がちりんと音を立てた。中はコーヒーの香りが漂うレトロな空間で、口ひげを生やしたナイスミドル風のマスターの他に、三人の先客がいた。カウンターの手前にスポーツ新聞を広げた初老の男、奥には眼鏡をかけたうつむき加減の若い男、そしてテーブル席には少し派手めのマダムが座っている。

場所柄、おそらく常連の顧客だろう。

一瞬、見慣れぬ若い客を値踏みするような視線が向けられたが、京子は全く気にせず店の奥に向かい「チョコパフェデラックスくださーい」と右手を挙げた。僕も京子の前に腰を落ち着け、エッグトーストセットを注文する。

「わ、本がたくさんある」

京子が店内を見回して言った通り、壁の一部が作り付けの本棚になっており、多数の本が並べられていた。ベストセラーから、恋愛小説、推理小説、それに絵本や童話まで、ジャンルに統一性はなく多岐に渡っている。

「お客様から読まなくなった本を寄付頂いているんです。どうぞご自由にご覧ください」

マスターが説明してくれた。

「雄一くん」

「はい」

リュックにいる先輩の呼びかけに頷いて、僕は立ち上がった。本棚の中に、『シンデレラ』というタイトルを見つけたのだ。

「お嬢ちゃん、しっかり読書してるか？　最近の子供はスマホばっかりで本を読まねえって聞くぞ」

カウンターに座った初老の男が、突然京子に話しかけてきた。

「ちょっと、新垣《にいがき》さん。こんな若い娘に、おじさんが話しかけるんじゃないわよ。通報されるわよ」

「ひでえな、しんママ。俺なりのフレンドシップってやつなのに」

テーブル席のマダムにたしなめられて、新垣と呼ばれた男は苦そうにコーヒーを啜《すす》った。

「スポーツ新聞を読んでるおじさんに、読書をどうこう言われたくありません」

「ははは、そりゃそうだ」

京子が言い返すと、男は自身の薄くなった頭をぴしゃんと叩く。

「でもよぅ、スマホのボタン一つで何でもできる時代だからこそ、手間暇かけた一杯のコーヒーが貴重だと思わねえか」

「説教臭いおじさんは嫌われるわよ。ねえ」

初老の男とマダムが息の合ったやり取りをしている。

「すいません。この本はどなたが寄付されたんですか？」

僕は本棚から取り出した『シンデレラ』を手に、客たちの会話に割って入った。

内容はごく一般的なものだ。継母《ままはは》と姉たちに苛《いじ》められていたシンデレラは、魔法使いの手で美しくドレスアップして舞踏会に参加する。王子に見初《みそ》められるが、魔法が解ける午前零時の鐘の音に焦ったシンデレラは、ガラスの靴を階段に落として走り去ってしまう。王子はそれを手掛かりに彼女を探し出し、二人はめでたく結ばれる。

特に手掛かりになるとは思えないが、元の持ち主を確認するよう先輩に言われたのだ。

マスターと新垣が顔を見合わせた。

「ええと……確か、この本は絵里《えり》さんの寄付でしたかね」

「ああ、そうだったな」

「絵里さん、というのは？」

僕が尋ねると、新垣がカウンター脇の壁を指さした。

「その写真の端にいる娘だよ。この間、梶川《かじかわ》の家で新年会やった時のやつだな」

僕は『シンデレラ』を本棚に戻して、カウンターに近づいた。壁にコルクボードが掛かっており、常連客同士の交流会と思われる写真が十枚ほどピン留めされている。新垣が示した写真は、マンションの一室で撮られたもので、リビングの窓から街の様子が見えた。写真にはこの場にいるメンバーの他数人が写っている。

端にいたのは、黒髪でほっそりした清楚《せいそ》な印象の女性だ。

カメラに笑顔を向け、両手でピースサインを作っている。

「……」

僕はじっとその写真を見つめた。

「そういえば今日は絵里ちゃん見てねえな」

スポーツ新聞を畳んだ新垣が、奥に座る眼鏡の若い男に声をかける。

「あの娘《こ》が来なくなったら、梶川のせいだぞ」

「なんで僕のせいなんですか」

「だって昨日まで来ていたのに変じゃねえか。昨晩何かあったのか？　ん？」

「な、なにもありませんよ」

梶川と呼ばれた男は、神経質そうに貧乏ゆすりを始めた。

「どうかしたんですか？」

間髪容《い》れずに話題に食いついたのは京子だ。ずけずけと他人の事情に踏み込むのは幼馴染の得意技だった。

「いや、その絵里って娘に、こいつが惚《ほ》れてよ。しつこく飯に誘っていたよな。嫌気がさして来なくなったんじゃねえか？」

「し、しつこくはしていませんよ。そもそも新垣さんがけしかけたんじゃないですか」

新垣の野次に、梶川は焦った様子で反論した。

「だって、絵里ちゃんって資産家の娘だろ。歳《とし》の割に夢見がちなところがあったし、お前みたいな堅い商売の男とくっついたほうがいいと思ったんだよ。銀行員だったよな、お前」

「無理よ。梶川くんは空気を読むのが苦手だから」

マダムがくすりと微笑《ほほえ》むと、梶川は勢いよく音を立てて椅子《いす》を引いた。

「僕、もうここには来ませんから」

皆の注目を浴びた梶川は、ごほんと咳《せき》払いをして、マスターに「すいません」と頭を下げて出ていってしまった。

「おい、なんだよ。そんなに怒ることねえじゃねえか。最近の若いのは短気でいけねえ」

「本当にもう来ない気かしら」

残された二人の客は、ばつが悪そうにカップを持ち上げる。

「ところで、皆さんはいつもここにいるんですか？」

「ん？　まあ、さすがにいつもじゃねえけど、暇があるとぶらっと来ちまうな」

僕の問いに新垣が答えた。

「住まいは皆さんお近くですか？」

「まあ、常連さんはほとんど近所ねぇ。みんな歩いてくるし」

マダムがコーヒーを一口飲んで言った。

「おいおい、さっきからなんなんだ。まるで刑事か探偵みたいだな」

「推理小説、好きなんです」

僕は新垣に愛想笑いを返した。勿論これらの質問は、僕だけに聞こえる先輩の指示によるものだった。

その後、店を出た僕は、パトロールの続きを終え、家の前で京子と別れた。

玄関先で肩に乗った雪を払いながら、リュックの中の先輩に話しかける。

「今日の捜査はどうでしたか？」

「とても有意義なティータイムだったわ」

清々《すがすが》しい声で感想が返ってきた。

「何かわかったんですか？」

「あなたはどうなの、雄一くん？」

試すような声色に、僕はごくりと唾《つば》を飲みこむ。平凡な脳みそしか持ち合わせていない僕に、適切な答えが提示できるはずがない。先輩がどういう意図で僕に質問をさせたのかもよくわかっていないのだ。

ただ、一つだけ確信に近いものがあった。

僕は昨晩拾った小指の質感を思い出しながら、こう言った。

「あの指……絵里さんという女性のものですよね」

リュックの中の先輩が、満足げに吐息を漏らす。

写真の女性はカメラにピースサインを向けていた。ピースサインでは人差し指と中指を立て、親指と薬指と小指は折り畳まれた状態になる。その折り畳まれた小指に、拾った指と同じような、薄いパープルのマニキュアにラメを星屑《くず》のようにまぶした爪がうっすら確認できたのだ。

「先輩、マニキュアってどれくらいつけているものなんですか？」

「人にもよるけど、普通は一週間から十日くらいかしら。今は一月中旬、あの写真は新年会のものと言っていたから時期的には矛盾《むじゅん》しないわね」

勿論、拾った指と彼女が偶然似たような爪をしていた可能性もゼロではない。それでもあの写真を目にした時、僕は切断された指と女性の姿がしっくりと合う気がした。

「さすが死体を見慣れているだけのことはあるわ」

「からかわないでください」

ということは、やはり僕の考えは当たっていたようだ。

「先輩は『シンデレラ』の本を寄付した人が、被害者だとわかっていたのですか？」

「まさか、少し気になっただけよ。その点は運が良かったわ。写真だけで断定は難しいけれど、彼女が被害者だと仮定すれば、事件の輪郭《りんかく》が見えてくる」

先輩はさらりと言った。あれだけの捜査で、もう何かを見通しているらしい。

彼女がすごいのはわかっているはずなのに、毎回のように驚かされてしまう。

シンデレラの正体はおそらく絵里という女性だ。拾った小指に出血などの生体反応があれば、生きた状態で切断されたことになり、一縷《いちる》の生存の望みもあるが、それがなかったことから、既《すで》にどこかで死んでいることも確かだろう。それでも、僕にはいまだにわからないことだらけだ。

絵里さんの小指は誰が切り取ったのか。

なぜあんなところに落ちていたのか。

そして——

「雄一くん。あなたはどうして犯人が、小指を持ち歩いていたと思う?」

そう。それも大きな謎だが、僕には一つだけ思い当たる回答があった。

「犯人は絵里さんという女性を、愛していたんじゃないでしょうか。死んだ後でも、その一部を持っていたかった。多分童話の王子も、もしシンデレラに会えなくても、ガラスの靴をずっと持っていたと思うんです。大切な人の品だから」

「……」

先輩は少し黙った後、ぽつりと言った。

「本人の一部を所有することで、相手との縁を感じていたいということかしら。でも、それはあくまで一部であって本人ではない。不合理な考え方とも言えるわね」

「そうかもしれませんが……」

「まあ、反対に望まずともついてくる縁というのもあるけれど」

「……」

今度は僕が黙る番だった。

生前の凜々花先輩は、室骸町のマンションで一人暮らしをしていた。実家の後光院《こうこういん》家は県北の山間《やまあい》にあり、まるで推理小説に出てくるような古い因習の残る旧家らしいが、先輩はあまり詳しい話をしたがらなかった。驚いたのは、先輩が行方不明になった後も、後光院家は捜索願の届け出を拒否したことだ。

両者になんらかの確執があることは以前から薄々感じていたが、少し前の事件で、僕は後光院家の業《ごう》と先輩の特殊な生い立ちを知ることになった。

なんでも、僕が死者と話せる特殊な体質をしているように、凜々花先輩も、関わった人間、ひいては一族に不幸をもたらす特異な体質を持つ者として、ずっと座敷牢《ろう》のような場所で育てられたそうだ。高校入学とともに厄介払いをするように家を出されたが、やっと得られた自由を謳歌《おうか》していた矢先に先輩は殺されてしまった。

彼女の死にまつわる事件は、この冬に一応の解決をみたけれど、犯人を含め、そこに関わった人間の多くが、確かに幸せとは言えない結末を迎えることになった。

他者に深く関われば関わるほど、相手を惑わし、不幸を呼ぶ。

だから、彼女の周りにはいつも死の香りが漂っている。

――先輩。それでも僕はずっとあなたのそばにいます。

漏らした言葉は、冷たい風にさらわれて、灰色の空にかき消えていった。

その時、押し黙っていた先輩が突然口を開いた。

「じゃあ、そろそろ出かけましょうか」

「え?」

思わず変な声が出る。

「またどこかに行くんですか?　今、家に帰ってきたばかりですけど」

「だって、榎並さんを連れて行くわけにはいかないでしょう。今度は見つからないように家を出ることね」

先輩は平然と応じる。こうなったらもう覆《くつがえ》らない。

ただ、実家のことで思い悩むより、目の前の謎に集中しているほうが先輩らしいとも言える。僕は少し安心して、勢いを増す雪を見上げながら尋ねた。

「どこに行くんですか?」

「勿論、あの梶川という青年に会いによ」

§

「いらっしゃいませ」

扉を押し開けると、ドア鈴の音と、穏やかなバリトンボイスに迎えられた。

口ひげを生やしたマスターが、僕の姿を認めて、皿を拭く手を止める。

「おや、あなたはお昼の……」

「すいません。まだ大丈夫ですか？」

「夕方は六時までやっています。コーヒー一杯を飲む時間はありますよ」

マスターは柔らかい笑顔で言った。

壁に掛かった振り子時計は午後五時半を指している。

僕はカウンター席に腰を下ろした。

「皆さんはお帰りになったんですか？」

「はい。どなたかにご用事ですか」

「ええ、そうなんです」

店内を見回すが、スポーツ新聞を読んでいた初老の男も、派手めなマダムもそこにはいなかった。もう来ないと言った梶川の姿も見えない。ブレンドコーヒーを注文し、僕はリュックを膝《ひざ》に置いた。

店内には湯を沸かす音だけが静かに響いている。窓の外は既に薄闇《うすやみ》に包まれていた。

「どなたにご用事ですか。宜《よろ》しければ代わりに聞いておきますよ」

湯気の立ち昇るコーヒーを差し出すマスターを、僕はカウンターから見上げた。

「じゃあ、お言葉に甘えて、一つ聞きたいことがあるんです」

僕はコーヒーを一口啜り、カップをソーサーに戻した。熱と苦味が混ざり合って、喉《のど》の奥に流れこんでいく。

「マスター、絵里さんをどこに埋めたんですか」

店内は相変わらず静かだった。

暖色の照明が作り出す陰影も、窓外の暗闇も何一つ変わらない。

ただ、室内の温度だけが少し下がった気がした。

「……おっしゃる意味がよくわからないのですが？」

「昨晩、店のそばに小指が落ちていたんです。それは絵里さんのもので、絵里さんを殺して小指を奪い取ったのがマスターじゃないかと考えているんです」

犯人はマスター。

それが僕、いや先輩の結論だった。

「そういえば、お客様は推理小説が好きだとおっしゃっていましたね。創作としてお聞きすればよいのでしょうか？」

マスターは笑顔になって言った。ただ目は笑っていないように見えた。

「最初の疑問は、なぜ小指があんな場所に落ちていたのかです」

僕は一度リュックに視線を向けて話を続けた。

「可能性の一つは、そこをたまたま歩いていた犯人が落としたというものです」

「他に可能性があるのですか」

「勿論。指は店の前の道路に落ちていたんですよ。この店の利用者が落とした可能性を除外するわけにはいきません。この建物は二階建てですが、店舗は一階だけですね。ということは、二階がマスターの住居スペースになっているのではないですか」

「確かにそうですが、ここに住んでいるから私が犯人というのは性急では？　店を利用するのは私だけではありませんよ。お客様もいらっしゃいます」

「そうですね。ですから可能性は三つです。たまたま店の前を歩いていた人、この店の利用客、そして店の主人であるあなた」

僕は三本指を立てた。正直こういう役回りは僕のキャラクターではないのだが、先輩が強要するのだから仕方がない。慣れない探偵役で僕が四苦八苦するのを、先輩は最近面白がっている節がある。

「実は絞り込むのはそう難しくありません。犯人が指を一体いつ落としたのか考えればいいのです。僕が指を見つけたのは午後九時頃ですから、指はその少し前に落ちたと考えられます」

「なぜそう言えるのかわからないのですが……」

「わかりませんか？　犯人の立場で考えてみましょう。指を落としたことには比較的早く気づくはずです。なぜなら、とても大事なものだから。誰かに拾われたら大変、必死に記憶を辿って手当たり次第に探すはずです。つまり、指が回収されていなかったこと自体が、まだ落として間もなかったことを示しています。それにもし明るい時間に落ちていたら店の利用客が出入りの際に気づいたはずですよ」

「……」

「さて、犯人が指を落としたのが、僕がそれを拾った少し前——午後九時頃だとすると候補が一気に絞られます。その時間帯は閉店しているのだから、客の線は考えにくい。それから店と無関係の犯人が偶然近くを歩いていた可能性もぐっと下がります。なんせ極寒の一月の夜ですから。すると、残る候補——あなたが犯人の確率が高まってきたと思いませんか」

「確率で殺人犯にされては困りますねぇ」

マスターは苦笑しながら応じたが、僕は構わず話を続けた。

「次に落とした状況を想像すると、より信憑《しんぴょう》性が増します。指はおそらくポケットか何かに入れていたのでしょうが、勝手に落下することはないので、何かをポケットから取り出した時に一緒に落ちたとするのが自然です。僕はそれが家の鍵だと考えます。指はやや駐車場寄りに落ちていたので、おそらくどこかから車で戻ってきたのでしょう。しかし、一刻も早く家に戻ろうと、玄関口につくのも待てずにポケットから鍵を取り出し、指も一緒に落とした。まあ、慌てるのも仕方がないことです。なんせ殺人を犯した後ですから」

店の隣には駐車場があり、白いセダンが停まっていた。あれはマスターの車だろう。昼間にあの場にいた常連客は皆、徒歩で来ていると言っていたからだ。

挑発するようにマスターを見ると、彼は僕には目を向けず、ただ大きく息を吐いた。

「……創作話は、それで終わりですか」

「いいえ、残念ながら続きます。次は動機面です。実はここに来る前、梶川さんに会ってきたんです」

「梶川くんに？」

マスターは眉根を寄せる。

彼の家も連絡先も知らないのに、どうやって会ったのだと言いたいのだろう。僕も先輩に提案された時は同じことを思ったが、先輩は当然のように「コルクボードに写真があったじゃない」と答えた。

あれは梶川のマンションで行われた新年会の一枚で、背景の窓に街並みが写っていた。常連たちは皆近所に住んでおり、この閑静な住宅街にマンションは数えるほどしかない。後は窓に映った風景を正確に記憶している先輩に、スマホの地図アプリで航空写真を見せれば場所の特定は難しくない。そう思って、先輩に画面を見せようとしたが、実はその必要すらなかった。先輩はこう言ったのだ。

——あの写真の景色は見覚えがあるから。

偶然にも、梶川の住居は、先輩が生前住んでいたのと同じマンションだったのだ。

一階の郵便受けで梶川の部屋番号を確認するついでに、僕はかつての先輩の部屋の郵便受けを探したが、後光院という名札がついたままだった。ということは、実家の後光院家はいまだに家賃を払い続けていることになる。行方不明になった先輩が、生きて帰ってくると信じているのか、もしくは単に解約手続きを忘れているだけなのか。先輩はあの時何も言わなかったけれど、残ったままの表札をどういう想いで見ていたのだろう。

——雄一くん。

先輩の一言で、脱線しかけた思考が元に戻る。

僕はマスターに視線を向け、推理の続きを口にすることにした。

「梶川さんですが、絵里さんのことで重要な話があると言ったら、入れてくれました」

「……」

さすがにそこまでやるのは想定外だったのだろう。マスターは口を閉ざした。

「その結果、二つの事実が明らかになりました。一つ目はあなたが多額の借金を抱えていること。そして、二つ目はあなたと絵里さんが付き合っていたこと」

「君……君は一体」

得体の知れないものを見るような視線が僕に注がれる。

「あなたは投資に失敗して多額の借金を抱えていた。それを銀行員である常連の梶川さんに密《ひそ》かに相談していたのです。だけど、梶川さんがそのことを絵里さんに暴露してしまった」

なぜそうなったのか。

昨日、梶川は絵里さんに告白をしたらしい。彼が新垣に昨晩のことを聞かれて動揺したのはそのためである。その時、絵里さんからマスターと付き合っていることを明かされたのだ。二人は密かに付き合っていたので梶川はそれを知らなかった。だが、マダムは女性特有の勘で気づいていたため、梶川に空気が読めないと言ったのだ。

ヒントはあった。勿論気づいたのは僕ではなく先輩だけど。

「嫉妬《しっと》にかられた梶川さんは、咄嗟にマスターには借金があり、資産目当てで絵里さんと付き合っていると言ったんです。しかし、そのことを後で反省し、ケジメをとって今日を最後に店に通うのをやめることにした。去り際に、すいません、とあなたに謝ったのはそういう意味です。つまり、潔《いさぎよ》く身を引いたわけですが、梶川さんの告げ口は、実はあなたにとっては大問題に発展していました」

僕は喉を潤すために、もう一口コーヒーを啜った。

マスターはそれを黙って見つめている。

「ここからは想像ですが、梶川さんから話を聞いた絵里さんは、昨晩この家であなたに詰め寄ったのではないですか。話はこじれて、一方が包丁を持ち出すまでになった。それがどちらだったかわかりませんが、結果的には揉《も》み合ったはずみか、あなたは絵里さんを刺し殺してしまう。さあ、大変なことになった。とにかく死体と凶器を隠さなければ。車に包丁と絵里さんの死体を積んで、あなたは慌てて山に向かった」

室骸町の周囲は、四山と呼ばれる四つの峰に囲まれている。町の人間なら最初に死体を埋める場所として思いつくのがその場所だ。

「死体を埋める直前、あなたはふと思いつき、持っていた凶器の包丁で彼女の小指を切り取ることにした。それをティッシュでくるみ、ポケットに入れた。車で駐車場に戻り、ここに向かう途中、焦って家の鍵を取り出し、小指を落としてしまったのです」

「……そもそも、なぜ私が小指を切り取らなければならないんですか」

マスターは皿に目を落としたまま言った。

――それは、あなたが絵里さんを愛していたからです。

僕はできれば、そう答えたかったのかもしれない。

しかし、先輩に告げられた事実は、それと異なるものだった。

「これを解除するためです」

僕はポケットから自身のスマホを取り出し、ボタンに指を押し当ててみせた。

指紋認証。

「最近は顔認証のスマホも多いですが、絵里さんが使っていたのは指紋認証のスマホでした。そして彼女は左手の小指を指紋登録しており、あなたはそれを見ていた。認証率を上げるために汚れにくい小指を登録する人もいるそうですね。それで彼女を埋める時、ふと気づいたのです。小指を持ち帰れば、彼女のスマホのロックを解除できるだろうと」

マスターが資産家の娘の絵里さんに目をつけたのは、おそらく借金返済のためだ。言いくるめて金を引っ張るつもりだったのだろうが、台無しになってしまった。当初は動揺していたものの、埋める直前になって彼女のスマホを利用できることに気づいた。ネットバンクアプリにクレジットカード情報、キャッシュカードのパスワード、人は多くの重要な情報をスマホに登録している。うまくすれば借金返済の足しになる。

絵里さんは死の直前、マスターの家——つまり店の二階にいた。ということは、当然彼女のスマホもそこにある。だが、帰ってロックを解除しようとしたら、指がなかった。さぞや焦っただろう。慌ててあちこち探しただろうが、既に僕が持ち去った後だった。

「——以上が事件のあらましになります。間違っているところはありますか」

話を終えると、マスターはようやく顔を上げた。口元には笑みが浮かんでいる。

「興味深く拝聴しましたが、推理小説としては頂けませんね。犯人の行動が色々と杜撰《ずさん》ですし、偶然の要素が多すぎる」

「現実の犯罪はそんなものですよ」

「まるで多くの犯罪を見てきたかのようだ」

「……」

僕が沈黙すると、マスターは少し勢いづいて言った。

「お客様のおっしゃったことは全て状況証拠にすぎません。そんなもので殺人犯にされては——」

「一応、物的証拠もありますよ」

僕はリュックに手を入れ、魔法瓶を取り出した。

中からほっそりとした小指を取り出すと、マスターの顔色が明らかに変わった。

「絵里さんの小指です。警察で指紋やDNAを調べれば、同じものがあなたの自室や車にたくさん見つかるでしょう。勿論、恋人なので見つかっても不思議ではありませんが、少なくともあなたは有力な容疑者になる。血痕《けっこん》がどこかに残っていませんか？　綺麗《きれい》に拭き取ってもルミノール反応で検出されますよ。警察の追及は厳しいですから」

マスターは唇をわなわなと震わせた。

「な……なんなんだ……なんなんだよ、お前はっ」

「探偵です」

正直、気恥ずかしい台詞《せりふ》だが、リュックの先輩がそう答えるよう指示をしたのだ。

謎を前にした時と、僕が嫌がることをさせる時、先輩は途端に生き生きする。

「か、返せっ。それは俺のだ」

伸びてきたマスターの手から遠ざけるように、僕は指を魔法瓶に戻した。

「あなたが自首をするならお返ししてもいいですよ」

「ぐ……す、するっ。するからそれをっ」

「いいでしょう。ただ、この指ではスマホのロックは解除できませんよ」

「なに？」

　マスターは今日一番驚いた顔をした。

「指紋認証には生体反応の感知が必要なんです。ですから、死者の指ではロックは解除できないんです」

　それも先輩に聞いた知識だった。知っている人は知っている情報らしいが、僕同様マスターも文明の利器の仕組みにまで精通している様子ではなかった。

「……」

　もうマスターは言葉が出ないようだ。がっくりと項垂《うなだ》れ、一気に十歳は老け込んだようだった。僕は魔法瓶をマスターに差し出した。

「小指、どうしましょうか」

「……いらん。好きにしてくれ」

　彼の返答に、僕は少しだけ残念な気分になって、残ったコーヒーを飲み干した。

　すっかり温《ぬる》くなったコーヒーは、まるで美味《おい》しさの魔法が解けたように、ただざらついた苦味だけを口の中に残した。

§

僕が店を立ち去った翌日、マスターは自首をしたようだった。

それがわかったのは、黒野医師から新しく左手の小指のない死体が出たと電話をもらったからだ。僕は早速、死体に会いに出かけることにした。

山から掘り出された絵里さんは、冷たい土に埋められていたおかげか、それほど腐乱は進んでおらず、写真で微笑んでいた頃の面影を残していた。

「この度はご愁傷《しゅうしょう》様でした」

死体に頭を下げながら話しかけると、絵里さんは随分《ずいぶん》驚いたようだった。死者と会話できる人間はとても珍しいからだ。

逮捕されたマスターの代わりにやってきたと告げると、彼女はもう一度驚き、最も気になっていたであろう疑問を口にした。

「ねえ、彼はどうして私の小指を切り取ったの」

僕は彼女をまっすぐ見て答えた。

「彼はあなたを愛していたんです。つい誤って殺してしまったけれど、あなたの一部はいつまでも手許《てもと》に置いておきたかった」

「……嬉しいわ」

死体にうっすら浮かんだ絵里さんの魂は、満足そうに微笑んで目を閉じた。

短い対面を終え、黒野医師にお礼を言って、僕は家に戻った。

「あなたにしては珍しい対応ね」

机に置いた先輩の頭蓋骨に会話の内容を話すと、そんな反応が返ってきた。

元来、僕は何事にも興味の薄い人間で、マスターが自首をするかどうかも本当はどうでもよかった。あくまで先輩の指示に従っただけなのだ。そんな僕が、わざわざ絵里さんの死体に会いに行ったことを不思議に思ったのだろう。

「いえ、本当にそうだったらいいなと思ったんです。お金で人を殺す感情を僕は理解できない。でも、好きな相手をそばに置いておきたい気持ちならわかるから」

結局、マスターが受け取りを拒否した絵里さんの指は、閉店した喫茶店の裏庭に埋めておくことにした。いつかそこに小さな花が咲いて、刑期を終えた男を出迎える——別にそんな感傷に浸ったわけではなく、主が不在の私有地なら掘り返されることもないと考えたからだ。少なくとも僕が持っているよりはいいだろう。

「好きな相手をそばに置いておきたい……雄一くん、今の言葉は遠回しな告白?」

「あ、いえっ」

僕が慌てて目を逸《そ》らすと、先輩は少しだけ優しい声で言った。

「絵里さんは、あなたの言葉を信じたかしら」

「ええ、そう思います」

僕の嘘はばれにくいから。先輩以外には。

絵里さんは、多くの女の子と同じように、幼い頃シンデレラに憧《あこが》れた。成長した彼女は喫茶店という小さな城で王子を見つけ、夢見る少女を卒業した証《あかし》として絵本を寄付した。

だけど、魔法はもう解けてしまった。

「ねえ、先輩」

僕はおもむろに手を伸ばし、彼女の長い髪をかきあげるように、指の腹で表面にそっと触れた。複雑な生い立ちによるものか、先輩は死してなお何かに囚われているように見える時がある。指紋でスマホのロックを解除するように、この指先で先輩の苦悩も重荷も全て解き放つことができればいいのに。

「なにかしら」

「いえ、なんでもないです」

「そう」

先輩の美しい頭蓋骨に、僕は微笑を向ける。

死を呼ぶ探偵と、死者の声を聞く助手。

歪《いびつ》な僕たちは、決して絵本の主人公にはなれないけれど、もしこれが何かの魔法――いや、呪いだとしても、どうかいつまでも解けませんように。

午前零時の鐘が鳴りませんように。

儚《はかな》く舞い散る雪花を窓から眺めながら、ただそれだけを胸の内で願った。

愛は甘くて苦いもの

［第二話］

「まだ買うの、京子《きょうこ》」

「当たり前よ。まだまだあるわよ」

京子はメモ帳にチェックを入れながら、ケースに展示されているチョコの数々から購入するものを選び取っていく。

二月十三日。

バレンタイン前日のデパ地下は、紙袋をぶら下げた女性たちでごった返していた。

「学校の事務長さんはホワイトチョコが好きだから、これにしとこうかな」

やたら交友関係が広く、色々と謎の人脈を有している京子は、購入するチョコレートの量も半端ではない。それにもかかわらず、各自の好みをしっかり把握《はあく》し、相手によって選ぶチョコも変えている様子だ。こういう細かい気遣いが、京子のネットワークを支えているのだと素直に感心する。

まあ、その結果として、僕が荷物持ちとして駆り出されるわけだが。

「あら、雄一《ゆういち》くんと京子ちゃんじゃない？」

大量の紙袋を抱えながら、京子の後をついて歩いていたら、背後から声をかけられた。

振り返ると、優しそうな顔立ちの女性が立っていた。二十代後半くらいで、緩いパーマをかけた髪を明るい茶色に染め、華やかな服装にはバレンタイン前日という特別感が漂っている。

「あっ、水沢《みずさわ》のお姉さん」

京子が女性を見て言った。

僕とも面識のある彼女は、数年前に僕らのすぐ近所に引っ越してきた人だ。

隣家というわけではないのに、近くという理由で、律儀に引っ越しそばを持ってきてくれたことを覚えている。町内行事にもちょくちょく顔を出すので、通学中に会うと挨拶《あいさつ》を交わすくらいの間柄ではあった。

「まさか、二人は付き合っているの？」

きらきら光るイヤリングをつけた水沢のお姉さんは、僕たちを交互に見ながら言った。

「そんなことあるわけないじゃないですか。雄一は単なる荷物持ちです」

手を振りながら答える京子を、お姉さんが優しくたしなめる。

「そんな言い方しちゃ、雄一くんが可哀《かわい》そうよ」

「まあ、いつものことですから」

僕が横から言うと、水沢のお姉さんはしげしげとこちらを見つめてくる。

「でも、雄一くんって綺麗《きれい》な顔をしているから、モテそうだと思っていたけど」

「ええっ、雄一がですか？」

京子が露骨に驚いてみせた。

「綺麗な顔っていうか、確かに雄一は中学までよく女子に間違えられていましたけど、別にモテはしないですよ。だって全然目立たないですもん」

「京子ちゃん、幼馴染《おさななじみ》には厳しいわねぇ」

水沢のお姉さんは苦笑する。隣家同士で、兄妹《きょうだい》のように育ったせいか、京子は僕に対しては全《まった》く遠慮がない。

「ところで、あそこの人、お姉さんの彼氏ですか？」

京子が好奇心いっぱいの瞳で尋《たず》ねた。

数メートル離れた位置に、眼鏡をかけた会社員風の男が立っている。スーツコートのポケットに手を入れ、お姉さんが僕らとの会話を終えるのを待っている様子だ。

「大人に野暮なことを聞くものじゃないわよ」

お姉さんはお茶目に答え、またね、と手を振って、その男と一緒にエスカレーターのほうへと向かっていった。

§

「うー、寒いわね」

「まあ、二月も半ばだしね」

翌朝。僕と京子は、身を縮こませながら、通学路を歩いていた。

辺りには雪がちらつき始めているが、ホワイトバレンタインというロマンチックな雰囲気はそこになく、鉛《なまり》色の空はただ息苦しいほどの寒さだけを際立たせている。

「なんだか死人が出そうな空模様ね」

手に持つ体操着入れの中から、凜々花《りりか》先輩が彼女らしい感想をつぶやいた。

僕の高校では指定の通学鞄があるのだが、残念ながら厚みが足りず、凜々花先輩の頭蓋《ずがい》骨《こつ》は入らない。一方で、指定の体操着入れは頭蓋骨を収納可能なため、体育のある日だけは凜々花先輩を学校に持参するようにしていた。

無論、僕の汗を吸った体操着で直《じか》に先輩を包むのは気がひけるので、体操着の上にデパートで購入したコットン製のタオルを敷いてある。

「ところで、雄一くんは意外とモテるのね」

「え？」

急に先輩に言われて変な声が出た。不審な表情をこちらに向ける京子に、なんでもないと手を振って、僕は体操着入れを口に近づけた。

「先輩。一体、なんの話ですか？」

「チョコをたくさんもらったようだから」

体操着入れには小さな穴を幾つも開けており、先輩が外の様子を確認できるようにしている。僕が手にぶら下げた大量のチョコ入りの紙袋を見て言ったのだろう。

「違いますよ。これは京子の荷物です」

弁解するように答えると、かすかな笑い声が体操着入れの中から漏《も》れた。

「ふふ、わかっているわ。あなたにチョコを渡す変わり者がそんなにいるはずないもの」

多少心外な気もするが、事実だから仕方がない。僕は普段から極力目立たないように過ごしており、クラスメイトとも必要最低限の会話しかしないため、女子がチョコレートを渡したいと考えるポジションにはいない。

しかし、それで困ったことは一度もない。どうして世間の人たちは、ただのカカオと砂糖の混合食の受け渡しに、こんなに一喜一憂するのだろうと不思議に思う。

「そういえば……先輩は誰かにチョコをあげたことあるんですか」

ふと気になって、体操着入れに囁《ささや》いてみた。

「雄一くんは、わたしがそんなことに時間を割くと思う？」

「想像はしにくいです。先輩はそういう儀礼的なものに興味がなさそうですし」

少し安心して答えると、先輩は薄く笑った。

「ふふ、そうね……でも、皆無というわけではないけれど」

「えっ」

若干の焦りを覚えながら、僕は体操着入れにさらに顔を近づける。

「誰にあげたんですか。父親とか兄弟でしょうか」

今となっては考えられないが、妹が小学生だった頃は、毎年歪《いびつ》な手作りチョコをもらっていたことを思い出したのだ。しかし、凛々花先輩は淡々と応じる。

「いいえ。父も兄も、わたしからもらったものを口にしたりしないから」

……そうだった。

先輩の生い立ちは特殊だったのだ。

凛々花先輩は、実家の後光院《こうこういん》家では、一族に不幸をもたらす忌《い》むべき存在として、座敷牢《ろう》のような場所で育てられたと聞いたことがある。

先輩が行方不明になった後も、後光院家は捜索願の届け出を拒否した。結果として、先輩は警察に捜索されることもなく、僕と一緒に暮らせている部分はあるが、まるで娘を切り捨てるような後光院家のやり方に、僕は正直いい印象を持っていない。

だから、もし何かのきっかけで顔を合わせることがあったとしても、先輩のことを教えるつもりはないし、当然骨を渡す気も毛頭ない。

ただ、親兄弟の線が消えたとすれば、先輩がチョコを渡した相手は一体誰だったのだろう。気にならないと言えば嘘《うそ》になるが、教えてくれる気もしないので、僕は尋ねるのを諦《あきら》めることにした。

小さな公園の前を通りかかった時、京子がふいに顔を上げた。

「あの人、何してるんだろ」

木陰《こかげ》のベンチに、男が寄りかかるように座っていた。ここからは背中しか見えないが、ダークグレーのコートを羽織っており、通勤中の会社員のような印象だ。

「この寒い中、鳩《はと》にエサでもあげようとしているのかしら」

「さあ」

僕が首をひねると、京子はぽんと手を叩いた。

「わかった、リストラだわ。でも、家族にまだ言えてないから、朝の公園で時間を潰《つぶ》しているのよ。探偵部部長の目はごまかせないわよ」

やたら得意げな京子は、次に気の毒そうな表情を浮かべる。

「でも、あんな寒いところじゃなくて、せめて喫茶店に行けばいいのに。それともコーヒー代を払うお金もないのかしら。市民センターなら休憩スペースがあるから、教えてあげようかな」

「いや、そっとしておいたほうがいいんじゃないかな」

「そうね……。ただでさえリストラでショックを受けているのに、見ず知らずの女子高生にまで憐《あわ》れみをかけられるのは男のプライドが許さないかもね。もし明日もいたら休憩スペースを教えてあげることにするわ」

こういう面倒見の良さは京子の長所なのだろう。

一方、短所は思い込みが強すぎるところだ。

僕らはそのまま学校に向かった。

しかし、僕は途中で忘れ物を思い出し、不満げな京子にチョコの紙袋を渡して、来た道を引き返すことにした。

「雄一くん」

「はい」

体操着入れの先輩に返事をして、先程の公園に足を踏み入れる。

男は、さっきと同じ姿勢のままベンチに寄りかかっていた。底冷えする園内は閑散《かんさん》としており、利用者のいない遊具が寒々しい姿で佇《たたず》んでいる。寒風がざあっと吹いて、男のコートをはためかせたが、彼が襟《えり》を正す様子はない。

僕は後ろから男に呼びかけた。

「おはようございます」

しばらく待っていたら、くぐもった声が男から返ってきた。

「……君は……？」

「通りすがりの高校生です」

「……あの、俺は……」

「ええ、落ち着いて聞いてくださいね」

戸惑った様子の男に、僕はこう続けた。

「あなたはもう死んでいます」

「……？」

事態が呑《の》み込めていないようで、男は小さく首を振った。

しかし、実際の男の身体《からだ》は、ぴくりとも動いていない。動作したのは表面にうっすらと浮かび上がった半透明の霊体のみである。首筋に覗《のぞ》く肌は蒼白《そうはく》でのっぺりしており、この寒さの中、白い吐息も確認できない。

先輩と一緒に多くの死体を見てきただけあって、僕はベンチに寄りかかった男を見た瞬間に死んでいるとわかった。生命の抜け落ちた男の躯《むくろ》は、どこか空虚で作り物めいて見える。凜々花先輩も気づいた様子だったが、京子に告げるのは躊躇《ためら》われたため、こうして忘れ物をしたふりをして戻ってきたのだ。

「あ、この人」

男の正面に回り込んだ僕は、思わず声を漏らした。

「どうしたのかしら」

「会ったことがあります」

眼鏡をかけたサラリーマン風の格好。昨日、デパ地下で水沢のお姉さんと一緒にいた人だ。確か京子が彼氏じゃないかと言っていた。僕は男女関係には疎《うと》いほうだが、京子はそういうことには鼻がきくので、実際そうなのだろう。

「お姉さんに連絡したほうがいいでしょうか」

僕は昨日のきらきらしたお姉さんの笑顔を思い出しながら言った。

彼氏が死んでいると知ったら、彼女はきっとひどく悲しむだろう。

目の前の男はいまだ状況がわかっていないようで、焦点の合わない瞳をぼんやりと僕に向けている。

「一応、その前に警察でしょうね」

「ああ、そうですね」

僕は一一〇番に電話をし、公園で人が死んでいると告げた。

「すぐに向かうので、そこにいて欲しいということでした」

先輩に伝えると、いつもより少し張りのある声が返ってくる。

「せっかくだから、警察が来る前に遺体を調べましょう」

「お言葉ですが、現場保存というか、勝手に色々触るのはまずいんじゃないでしょうか」

「あなたはいつからそんなつまらない常識を口にする人間になったのかしら」

「自分ではずっと常識的な人間のつもりですが……」

「ふふ」

先輩は鼻で笑って僕の訴えを無視した。確かに頭蓋骨を持ち歩く人間が常識をふりかざすのも妙な話だ。

結局、先輩の言うままに、僕は遺体を調べることになった。ちょうどこの寒さで手袋をしていたので、指紋をつける心配がなくてよかったと妙なことを考える。

「低温環境下の遺体は死亡時刻の推定が難しいのだけど、少なくとも六、七時間は経《た》っていそうね」

指示通りに検分を終えると、体操着入れの中で先輩は所見を口にした。

「目立った外傷はないから、誰かに襲われたということはなさそうだし、自殺をしようと思ってここにいたわけでもない」

「はい」

自ら死のうとする意思があった場合、この世に未練がないとみなされて魂は残らない。

僕が遺体の魂と会話できた時点で、自殺でないことは確認できている。

「三十五歳という年齢から、虚血性心疾患《しんしっかん》や不整脈などの、突発性の致死的疾患が発症したとも考えにくいわ」

なぜ年齢がわかるかと言うと、死体の財布をまさぐって免許証を確認したからだ。

いつかバチが当たるのではないかと思っているが、凜々花先輩が気にする様子はない。

「ということは、やっぱり凍死ですかね」

結論は見ての通り。男は公園のベンチの背もたれに寄りかかったまま寝てしまい、そのまま凍死した。

「そう言わざるを得ないけど、問題はどうしてこんなところで寝ていたのかね」

死因については、死体本人に何があったかを聞ければ一番早いのだが、肉体の死は、魂にとっても大きな衝撃であり、多くの死体は死の前後のことを覚えていない。それに、死んで間もない遺体の魂は不安定なのか、今の男のようにぼんやりしていることが多い。実際、先輩の指示で色々と体を調べたのに、男の反応は鈍いままだ。

だから、この状況で目の前の遺体に色々尋ねたところで、有用な情報が得られる可能性は低いことを、僕たちはこれまでの経験から知っていた。

「最も単純な解答は、お酒を飲みすぎてここで寝てしまったというものだけど」

「一応、聞いてみましょうか」

飲酒歴くらいなら聞けるかもしれない。

「すいません、お酒はよく飲むんですか」

死体に顔を近づけて問いかけるが、反応がない。何度も話しかけると、ようやく回答があった。

「……いや、酒は嫌い……だから」

「ふぅん」

先輩の声色《こわいろ》が少し高くなる。

酒嫌いということは、泥酔からの凍死ではないのだろうか。ただ、それ以上何かを調べる前に、サイレンの音が近づいてきて、僕たちの捜査は終了となった。

「君が通報をしてくれた子かな」

パトカーから降りてきたのは、制服の警官と、ブラックスーツに漆黒《しっこく》のコートを羽織った眼光の鋭い女性だった。黒髪を後ろで無造作に縛っており、肌の張りは若々しいが、まとう雰囲気はどこか老成したものを感じさせる。

彼女はポケットから、警察手帳を取り出した。

「所轄署の雨宮《あまみや》だ」

肩書きに、警部と書いてある。

階級の割には、随分《ずいぶん》若そうに見える。「キャリアの警察官ね」と先輩が体操着入れから補足をしてくれた。

「ああ、制服以外の警察を見るのは初めてかな。たまたま近くをうろついていたからね」

雨宮と名乗った刑事は、さばさばした口調で言って、遺体を眺めた。

「しかし、こんな日に外で寝るなんて自殺行為だな」

雪模様の空を見上げて大きく肩をすくめた後、雨宮警部はその鋭い視線を僕に向けた。

「ところで、君は死体を見慣れているのかな」

小さく心臓が跳ねたが、僕は何食わぬ顔で手を振った。

「どうしてですか。そんなわけないじゃないですか」

「死体を前に動じている様子がないからね。普通はもっと動揺するものだが」

「いえ、逆に驚きすぎて現実感がないというか……」

「ああ、そうか。それもそうだね。失礼な質問だった」

雨宮警部はあっさりと引き下がる。

代わりに、彼女の横にいた制服警官が近づいてきた。

「一応、第一発見者ということで、身元を証明するものはあるかな」

生徒手帳を渡すと、警官はそれを読み上げながら、メモを取った。

「室骸《むろがい》二高の一年生、朝戸《あさと》雄一くんだね」

「はい」

「室骸二高だと？」

腕を組んでいた雨宮警部が、突然口を挟んできた。

「そうですけど……」

「少年。君は中敷《なかじき》警部を知っているか」

ふいにそんな質問をされる。

「いえ、知りません」

僕は真顔で嘘をついたが、本当はその名前に心当たりがある。

中敷警部は、凜々花先輩が生前お世話になっていた刑事だ。ありあまる能力の使い道を探していた先輩が、新聞に載った未解決事件についての投書をした際に知り合ったと聞いている。粗野でぶっきらぼうだが、面倒見はいい中年刑事で、以前は先輩の知恵を借りるために、探偵部の部室にちょくちょく来ていたので、僕も面識はあった。

ただ、その関係は、僕ら以外誰も知らないはずだ。

なぜ急に彼の名前が出てきたのか少し気になったが、余計なことは言わないほうがいいだろう。雨宮警部は、しばらく僕の顔を眺めていたが、やがてふっと息を吐いた。

「……妙なことを聞いて悪かったね。忘れてくれ」

その一言で、ようやく僕は解放されることになった。

「あの、先輩」

「なにかしら」

「そろそろ学校に行かないと、一限目に間に合わないんですが」

公園から高校へと向かう最初の曲がり角で、僕は体操着入れの先輩に控え目に意見を述べた。死体発見後、なぜか先輩は僕がそのまま通学するのを許さず、警察が集まる公園の様子を遠巻きに観察するように指示したのだ。

「世の中には授業で学べないことが多くあるのよ、雄一くん」

それらしい言葉を返されたが、先輩は遺体がただの酔っぱらいの居眠りではなさそうだったことに興味を持ったのだろう。

「ですが、ここからだと公園の様子ほとんどわからないですよ」

警察関係者の数はさっきより増え、通行人の目から隠すようにバリケードが置かれたため、状況の把握《はあく》は困難だ。

「目立った外傷はないし、年齢を鑑《かんが》みても心筋梗塞《しんきんこうそく》のような突発性の致死的疾患が発症したとは考えにくい」

先輩は僕を無視して、ぶつぶつとつぶやいている。

「あの場で眠って凍死したという筋に間違いはない」

「でも、お酒は嫌いだと本人が言っていましたよ」

「飲んだのはお酒とは限らないでしょう」

「どういうことですか?」

「たとえば眠り薬を飲まされていた」

「眠り薬?　一体、誰に……」

そこまで言って、遺体が昨晩誰と一緒にいたのかを思い出す。

「まさか……水沢の、お姉さん?」

デパ地下で見かけた二人の姿が、ふと脳裏に浮かんだ。

男がもし本当に睡眠薬を飲まされていたとしたら、犯行を最も行いやすい立場にいるのは彼女だろう。それに死体発見場所の公園は、よく考えたら、お姉さんの家の近所だ。

「でも、どうして」

先輩は少し黙った後、こう続けた。

「その理由が、もうすぐわかるかもしれないわ」

「……？」

事件現場を遠巻きに眺めていたら、一台のタクシーが公園脇に停まった。

死んだ男の関係者なのか、中から血相を変えて一人の女性が飛び出してきた。

それは、水沢のお姉さんとは全くの別人だった。

§

「……つまり、男には奥さんがいた。それを隠して水沢のお姉さんと付き合っていたけれど、なにかの拍子にお姉さんは男が既婚者であることに気づいてしまった。怒り心頭のお姉さんは、昨日デパ地下を出た後、二人で彼女の家に行き、何食わぬ顔で料理か飲み物に眠り薬を混入した。男は帰り道に眠くなり、公園のベンチでうたた寝し、そのまま凍死した。――というのが事件の真相ですか？」

「面白みはないけれど、そう考えるのが自然ではあるわね」

僕の仮説に、体操着入れの中から淡々と肯定の言葉が返ってくる。

「……」

しばらく沈黙が続き、僕はおもむろに口を開いた。

「ところで先輩」

「なにかしら」

「もう午後の授業にも間に合いそうにないのですが……」

時刻は正午過ぎ。僕が腰を下ろしているのは教室の椅子《いす》ではなく、市内にある大学の研究室のソファだった。

「雄一くん。あなたは関わった事件を途中で投げ出す気？」

「あ、いえ」

僕は首を横に振った。

「だから、ここに来たのでしょう。まあ、安心しなさい。帰りのホームルームには間に合うわ」

「はい……」

いいのだろうか、と考えながら、まあいいやと思い直すことにした。

凜々花先輩と一緒にいるということは、つまりこういうことなのだ。

先輩の頭蓋骨を収めた体操着入れを膝《ひざ》に乗せたまま、僕は辺りをぼんやり見回した。

昼間だというのに、カーテンの閉め切られた室内は薄暗い。壁際のホワイトボードには若い男女の写真が複数枚テープで貼られている。一見すると血色もよく、皆眠っているようにも見えるが、おそらく全員生きてはいないだろう。

棚に整然と並んだ透明な瓶《びん》には、ホルマリン漬けにされた人体のパーツが入っており、そのうちの一つ、灰色の眼球とうっかり目が合ってしまい、僕は溜め息をついた。

「やあ、待たせたね、朝戸くん」

ドアを開けて、端整な顔立ちをした白衣の男が部屋に入ってきた。

緩いウェーブのかかった黒髪に、白磁の肌。まるで精巧な作り物のような外見と佇まいをしたこの人物は、研究室の主である法医学者の黒野《くろの》誠《まこと》医師だ。

「ホワイトボードの写真が気になるかい？　集団練炭自殺だよ。一酸化炭素中毒で死ぬと死斑《しはん》が鮮やかな紅色になるんだ。生きている時より綺麗だと思わないかい」

楽しそうに言う黒野医師に、ええ、まあ、と僕は曖昧《あいまい》に頷《うなず》いて本題を切り出した。

「先生、それで……」

「ああ、公園で見つかった死体の件だね。今しがた解剖を終えたよ」

法医学者は、白衣をハンガーにかけ、部屋の隅《すみ》にあるコーヒーメーカーのボタンを押した。医師によって明確な病死と判断されたもの以外の死体は、異状死体といって、解剖にまわされることが多い。

僕は先輩の指示で、彼に遺体の所見を聞きに来たのだった。

「お忙しいところすいません」

「これが仕事だからね。まあ、趣味とも言うが。それに他ならぬ君の頼みだ。遺体との対話も楽しいが、君と話すのも悪くない」

僕はなぜかこの死体愛好家にいたく気に入られていた。理由は定かではないが、僕から死者の香りがするのだと、以前言われたことがある。

黒野医師は、湯気の立つコーヒーを片手に、奥の席に腰を下ろした。

「君の想像では、男は睡眠薬を盛られ、そのまま公園で凍死したということだったね」

「はい」

「しかし、死体から睡眠薬の成分は一切検出されなかった」

「……っ」

僕は息を呑んで、膝に抱えた体操着入れに目を向けた。

特に先輩の反応はない。

「そして、大動脈解離や心筋梗塞等の致死的内因性疾患が発症した所見もないし、毒を盛られた形跡もない。死因は凍死で間違いないね」

黒野医師は淡々と所見を口にしていく。

「何か質問はあるかな？」

「……」

予想と異なる結果に、僕はしばらく二の句を継げないでいた。

男は睡眠薬を飲まされていたわけではなかった。では、どうしてあんな寒いところで寝ていたのだろう。

「胃の内容物は？」

体操着入れの先輩の問いをぶつけると、黒野医師はかすかに口角を上げた。

「消化吸収がある程度進んでいたため、全てを断定するのは難しいが、おそらくサラダ類にチキン、白身魚に甲殻類《こうかくるい》に、コーンスープ。最後の晩餐《ばんさん》はそれなりに豪華だったようだね。後はチョコレートと思《おぼ》しきものも検出された」

僕は今日がバレンタインであることを思い出した。おそらく検出されたチョコは、水沢のお姉さんが彼に渡したものではないだろうか。

彼女はどういう想いで、男に料理を振る舞い、チョコレートを渡したのだろうか。

「ただ、もう一度言うが、胃の内容物から睡眠薬や毒物の類《たぐい》は一切見つからなかった」

黒野医師は念を押すように言った。

「アルコールは検出されたのかしら？」

続いた凜々花先輩の質問に、僕は小さく首をひねる。

男は酒が嫌いだと言っていたはずだ。

一応、そのまま黒野医師に伝えると、彼はコーヒーを一口含んで、目を細めた。

「実はごく少量のエタノール、つまりアルコール成分が検出された」

「え？」

「ただ、遺体は化学的死後変化の部分現象として、エタノールを産生するからね。その影響の可能性もある」

「ああ、なるほど」

おそらくアルコール成分が検出されたのはそういう理由だろう。

「生前飲酒の有無を判断する手法もないことはないが、今回は微量すぎて断定は難しいだろうね。他に質問はあるかい？」

「……」

先輩は何かを考えているようで黙ったままだ。

黒野医師はそこでふと何かを思い出したように、手のカップを机に置いた。

「ところで、朝戸くん。話は変わるが、君は確か高校生だったよね」

「ええ、そうですけど」

「ここ半年以内に、君の周辺で失踪《しっそう》した女生徒がいたりしないかい？」

「……」

突然の質問に、僕は反射的に体操着入れに視線を落とした。

周辺で失踪した女生徒といえば、今僕の膝の上にいる先輩がそれにあたるが、黒野医師と先輩に接点はないはずだ。どういう意図かわからないため、僕は回答を控え、質問で返すことにした。

「それがどうかしたんですか？」

「少し前から、ここ半年の間に十代の少女の死体が見つかっていないか、という電話が何度か研究室にかかってきていてね。そういう質問には答えられないと説明しているんだが、実際僕には心当たりがない。十代といえば君と同年代だから、なにか噂《うわさ》でも聞いていないかと思ってね」

「誰からかかってきたんですか？」

「さあ、特に名乗ってはいなかったな」

「声はどんな感じだったんでしょう？　性別とか年代とか」

「僕が生きている人間のことをそんなに覚えていると思うかい」

黒野医師は肩をすくめてみせた。

体操着入れの先輩はずっと押し黙ったままだ。

結局、その電話がなんなのかよくわからないが、体のどこかに小さな棘《とげ》が刺さっているような、なんとも言えない落ち着かなさを覚える。とはいえ、ここにいてもどうしようもないので、僕はひとまずお礼を口にして立ち去ることにした。

すると、黒野医師が「ちょっと待ってくれ」と言って、部屋の隅に無造作に置かれた紙袋を手に取り、僕に差し出した。

中には大小様々なチョコレートがぞんざいに詰め込まれている。

「あの、これは？」

「君はこれが河原の石にでも見えるかね」

「いえ、チョコだというのはわかりますけど、こんなに買ってどうするんですか」

「何を言うんだ。全てもらいものだよ」

ざっと見ただけでも、チョコの数は、軽く二十個を超えている。

黒野医師はかなりモテるようだ。

確かに、黙って立っていれば、彼は絵に描いたような美男子である。ただ、女性にとって残念な点があるとすれば、黒野医師は生きた人間に興味がないということだ。

「僕は甘いものが苦手でね。君がもらってくれると助かる」

「ああ、そういうことですか」

正直、食べきれる気はしないが、いつも何かと世話になっているので、僕は素直に受け取ることにした。

「でも、僕が食べると、先生にチョコをあげた人たち怒りませんかね」

「捨てられるよりはいいさ。チョコも君に食べられて本望だろう」

黒野医師はコーヒーカップを軽く持ち上げて、適当な言葉を言い放った。

僕は軽く溜め息をつく。

「そんなことを言って、後でチョコをくれた人から感想を聞かれても知りませんよ」

「雄一くん」

ふいに体操着入れの凜々花先輩が僕の名を呼んだ。

思わず背筋を伸ばすと、先輩はこう続けた。

「そろそろ仕事の時間よ」

条件反射的に頷きながら、僕は帰りのホームルームにも間に合わないことを確信する。

「仕事は三つ。一つはこれから解剖を終えた遺体と話すこと。もう一つはゴミ箱を漁《あさ》ること。そして、最後の一つは、彼女に会いに行くこと」

§

通りに並ぶ街灯が、明かりを灯《とも》し始めた夕方。

朝から降り続いた雪は、陰鬱《いんうつ》な町の風景を白く塗り替え、恋人たちの一日を華やかに演出していた。

僕は一軒の木造アパートの階段を上り、奥の部屋のチャイムを押した。

「はい」

澄んだ声が耳に届いて、ドアが開けられる。

「あれ、雄一くん」

顔を出したのは、水沢のお姉さんだった。上品に染めた髪を後ろで束ね、暖かそうな厚手のセーターを着ている。表情はいつもと変わらないが、なぜか少しやせたようにも見えた。

「すいません、ちょっといいですか」

「いいけど、どうしたの？」

お姉さんはドアを大きく開けて、僕を迎え入れた。

「仕事から帰ってきたばかりで散らかっているから、あんまり見ないでね」

「はい、お邪魔します」

玄関で靴を脱いで、中へと足を踏み入れる。絨毯《じゅうたん》敷の部屋は小綺麗で、暖色系の色合いでまとめられていた。流し台には、一人暮らしにしては多い枚数の皿が置かれ、赤と黒の箸《はし》が立て掛けてある。

「あ、もしかして、私にチョコレートをもらいに来たの？」

お姉さんはおどけた調子で言って、ふと僕の持つ紙袋に目を向けた。

「って、すごい数のチョコ。なんだ、雄一くんやっぱりモテるんじゃない」

「ええ……まあ」

説明が面倒なので、僕はただ肯定を返すだけにした。

黒野医師から手渡された紙袋と、結局今日は使うことのなかった鞄と体操着入れを脇に置いて、僕は部屋の隅に正座をした。

「急に改まってどうしたのよ、雄一くん」

「いえ、ちょっと聞きたいことがありまして」

「え、なになに？」

お姉さんは僕の向かいに正座をした。

「昨日デパ地下で一緒にいた男の人は、お姉さんの彼氏ですよね」

「え、ま、まあ……そうだけど」

きょとんとした様子でお姉さんは応じる。

「その方ですが、亡くなりました」

お姉さんは二、三度瞬《まばた》きをした。

「ど、どういうこと？」

「警察から連絡が来ていませんか」

「私に？　いや、何も……」

事故死扱いになっているのか、まだ警察は嗅《か》ぎつけていないようだ。

「ねえ、雄一くん。あの人が亡くなったってどういうこと？　それになんで雄一くんが
――」

「それでちょっと聞きたいんですが」

狼狽《ろうばい》を見せるお姉さんに、僕は構わずこう続けた。

「彼が亡くなったのは、お姉さんが意図したことですよね。簡単に言うと、彼を殺したのはあなただ」

「……」

お姉さんは一瞬沈黙する。

「な、何を言って……」

「昨日、デパ地下で会った後、お姉さんは彼氏とこの家にやってきた。そこまでは合っていますか？」

僕は洗い終わった皿が並んだ流し台を見ながら尋ねた。

「そ、そうだけど」

「お姉さんは彼氏に夕飯を振る舞い、帰り際にチョコレートをあげた」

「だから、それが何だと言うの」

「それが罠だったんです」

僕はポケットに手を入れ、一枚の包み紙を取り出した。お姉さんの前に掲げると、彼女の目が大きく見開かれる。

これは、先輩の指示で、男が死んでいた公園のゴミ箱を漁って拾い上げたものだ。

「お姉さんがあげたチョコレートはこれですね」

「それは……」

今回の事件の一番の問題点は、睡眠薬を飲まされたわけでもないのに、男が凍死した理由である。

だが、やはり遺体は飲まされていたのだ。睡眠薬とは別のものを。

「ネットで調べると、このチョコにはアルコールが使用されていることがわかりました。高級チョコにはアルコールが入っているものも多いみたいですね」

「……」

遺体からは微量のアルコールが検出されていた。

黒野医師は死後産生の可能性があるとは言ったが、それが生前飲んだものでないとも断定しなかった。

もし、男が生前にアルコールを飲んでいたとしたら、話は大いに変わってくる。

問題はどうやって酒嫌いの男にアルコールを飲ませたのか。

その答えがチョコレートだ。

「亡くなった男性は、アルコールが嫌いだったそうですね。ほんの少し飲んだだけでも、気分が悪くなって酩酊《めいてい》してしまう。お姉さんはそれを知っていましたね」

これは黒野医師の研究室に行った際に、先輩の指示で死体から聞いた情報だ。

「おそらく死んだ彼には、体内のアルコールを無害なものに分解する酵素が欠損していたのでしょう」

体操着入れの凜々花先輩の言葉を、僕はお姉さんに伝える。

「お酒の形で差し出せば、当然男性は口にするのを断ったでしょうが、プレゼントのチョコに混ざっていたため、警戒せずに口に入れてしまった。そして、気づいた時には酩酊状態になってしまっていた」

「雄一くん、あなたは一体……」

「包み紙を調べれば、男性の指紋が見つかるはずです。付近でこのチョコを買える場所も多くはないですから、お姉さんが買ったこともすぐに突き止められると思います」

「……」

水沢のお姉さんは異物を見るような目を僕に向けた後、大きく溜め息をついた。

「……ええ、そうよ。だけど、それがなに？　確かにそのチョコは私が彼にあげたものだと思うわ。でも、アルコールが入っているなんて知らなかった。それに私は帰り際にチョコレートをあげただけ。それを外で食べて亡くなったのは彼の勝手でしょう」

お姉さんは開き直った様子で、半笑いの表情を浮かべる。

しかし、その言葉はどこか悲痛な響きを含んでいた。

僕はしばらく沈黙した後、おもむろに口を開いた。

「お姉さん。僕は男性が亡くなったとしか言っていません。どうして外で亡くなったと断言できるのですか」

お姉さんは、はっと口を押さえる。

チョコには実はアルコールが入っていた。だが、それだけでは事件は起きない。

一番の問題は、彼がチョコを外で食べてしまったことだ。もし家で食べていれば、たとえ酩酊したところでベッドに倒れこめば済む話なのだ。

しかし、そうはならなかった。

そして、お姉さんはそうならないことを知っていた。

これは不幸な事故ではなく、意図された殺人なのだから。

「帰り際に男性にチョコを渡して、一言言えばいいんです。後で感想を聞くから、ちゃんと食べてね――と」

「……」

お姉さんは無言になった。

――後でチョコをくれた人から感想を聞かれても知りませんよ。

僕は黒野医師との会話を思い出しながら、話を続ける。

「死んだ男性には奥さんがいました。言うなればお姉さんは不倫相手に当たります。そして、彼は不倫相手からもらったチョコレートを家に持ち帰るわけにはいかなかった。もし奥さんに見つかれば、変に勘繰られる恐れがありますから。だから、家に帰りつく前に、チョコを処分する必要があった。ただ、後で感想を聞かれるので、食べずに捨てるわけにもいきません」

一度言葉を止めて、僕は息を整える。お姉さんは相変わらず無言のままだった。

「彼は仕方なく、バス停へと向かう帰り道にチョコを食べて、箱と包み紙は公園のゴミ箱に捨てた。ただ、いくらお菓子といっても、チョコによっては意外と度数の高いアルコールが入っている場合もある。彼は気分が悪くなり、ベンチで寝入ってしまった」

そして、凍死を遂げた。

お姉さんはきっとどこかのタイミングで、彼に妻がいることに気づいたのだ。

怒り心頭の彼女は、アルコールに弱いという彼の体質を利用して、罠を仕掛けた。

妻の待つ家に堂々と持ち帰って食べれば死ぬことはないが、外で処分しようと寒空の下で口に入れた時に、それは発動する。

そんな、甘くて、苦い罠。

「……」

お姉さんは時が止まったように静止していたが、やがて虚《うつ》ろな目を僕に向けた。

「彼……ずっと私が一番だって言っていたのに。バレンタインは仕事で忙しいからって、前日に会うことになったの。それに泊まっていけばいいのに、その日もバスがあるうちに帰るって言うしさ。やっぱり奥さんが一番なんだ……だから、バチが当たったんだわ」

「……」

ぼんやりとつぶやいた後、彼女は少しはっきりした口調で続けた。

「でもね……雄一くん。私がやったのは市販のチョコレートを、大好きな彼にあげただけ。それで何か罪になるのかしら」

「おそらく罪に問うのは難しいと思います」

彼がアルコールに弱いことを知らなかった。

チョコにアルコールが入っていることに気づかなかった。

そもそも外でチョコを食べたのは彼の勝手だ。

言い逃れの仕方は幾らでもあるし、お姉さんの悪意を証明するのは困難だ。

「だったら、話はおしまいね。そういえば、雄一くんは京子ちゃんと学校で探偵部という部活をやっていると言っていたわね。探偵の真似事もいいけど、迷惑する人もいるだろうからほどほどにね」

お姉さんは、爽《さわ》やかな笑顔で立ち上がった。

「ああ、そうだ。雄一くん、チョコあげようか？」

「いえ、結構です」

僕は丁重に申し出を辞退する。

「そっか、残念。雄一くんモテるもんね」

「ええ、まあ……」

黒野医師に無理やり渡されたチョコ入り紙袋を手に取り、僕は腰を浮かした。

そして、絨毯に置いた体操着入れを大事に持ち上げる。

「ああ、そうだ。最後に一ついいですか」

「なあに」

玄関のドアノブに指をかけながら、室内のお姉さんを振り返る。

「さっき大好きな彼と言っていましたけど、彼も同じ気持ちだったようです」

「え……？」

僕は先輩の指示で、黒野医師のところで遺体と会話を交わした。

死んだ前後のことははっきりと覚えていなかったが、徐々に自身の死を理解し始めたようで、話を聞くことができるようになっていた。

「彼は奥さんと離婚の話をしていたそうです。バレンタイン当日に一緒に過ごせなかったのも、チョコを家に持ち帰れなかったのも、不倫が明るみに出ると、調停が不利になり、離婚までの期間が長くなるから。つまり、お姉さんと一緒になれるのが先になってしまうからだったんです」

「……う、嘘……」

お姉さんは唇を震わせた。

「それに彼は全てのチョコを捨てずに食べていました。お酒嫌いの人間は、お酒の匂いや味に敏感なので、彼は途中でチョコにアルコールが入っていることに気づいたと思います。それでも愛しているあなたにもらったものだから、無理にでも食べようとした」

「……」

呆然とした様子のお姉さんに、僕は頭を下げる。

「後はお姉さんにお任せします」

ドアを閉める瞬間、押し殺したような泣き声が、鼓膜をかすかに揺らした。

外に出ると、穏やかに降り注いでいた雪は、いつの間にか細糸のような冷たい雨へと変わっていた。

§

「水沢のお姉さん、警察に行くでしょうか」

帰り道に、体操着入れに尋ねると、先輩は「そうね……」とだけ答えた。

結局、今日は登校できなかった。恋人たちの日に、学校にも行かず、殺人事件を追っているなんて実に僕たちらしい。

そんなことを考えていたら、ふいに先輩が口を開いた。

「探偵の真似事、ね……」

「どうしたんですか？」

「さっき彼女が言ったでしょう。確かに警察でもないのに、勝手に事件に首を突っ込んで、かき回して、解決して。迷惑に思う人もいるでしょうね」

「……」

淡々と漏らしたつぶやきに、僕はすぐに答えられなかった。

実際、先輩が目をつけなければ、今回の事件は事故で終わっていた可能性も高い。お姉さんは今まで通り生活し、死んだ男の妻も、旦那の不倫という余計な情報は知らずに済んでいたかもしれない。

言葉に詰まっていると、先輩は別の話題を口にした。

「あの電話も、わたしを探していたのかもしれないわね」

「電話？」

「法医学者のところに来た、失踪した十代女性の死体を確認しようとした電話よ」

黒野医師の研究室で聞いた話だ。

あの時は僕もそう感じたが、今は必ずしも先輩のこととは限らないとも考えている。

「行方不明になっている十代女性はきっと他にもいるでしょうし、考えすぎではないでしょうか」

「おそらく誰かが動いている」

「……どういうことですか？」

話についていけずに、僕は恐る恐る聞き返す。

「小指が切り取られていた事件で、わたしたちは梶川という青年のマンションに聞き込みに行ったでしょう」

「ああ、前に先輩が住んでいたのと同じマンションでしたね」

「一階の郵便受けを調べた時、わたしの部屋の名札はそのままになっていた」

「覚えています」

「そのポストが開けられた痕跡《こんせき》がある」

「えっ、どうしてわかるんですか？」

「生前、誰かが開けたらわかるように、取り出し口に小さな紙片を挟んでいたから。それがなくなっていた」

なぜそんな仕掛けをしているのか気になったが、深く尋ねることはしない。それが凜々花先輩という人なのだ。

ただ、問題はそこではない。

郵便受けの件。今回の黒野医師への電話の件。

確かに二つが重なると、単なる偶然とは思えなくなってくる。

「つまり……何者かが先輩の足跡を追っているということですか？」

僕は背中にじんわりと冷たいものが広がっていく感覚を覚えた。

「前に住んでいた部屋も調べられているかもしれないわね。しばらく近づかないほうがいいかもしれない」

「誰が、なんのために？」

「まだ、わからないわね。生きていた時からあちこちの事件に首を突っ込んでいたから、恨みを買っているという意味では候補者は多数にのぼるし」

「……」

今回と同じように、僕たちはこれまで幾つもの事件を解決し、犯人を指摘してきた。当然先輩の関与によって不利益を被《こうむ》った者は数多くいる。

探偵の真似事、というお姉さんの言葉がもう一度頭を巡った。

しかし――

「僕は先輩が間違っているとは思いません」

「……」

「事件があったということは、そこに被害者がいるということです。そして、その声を聞くことができるのは僕たちだけですから」

一見、先輩は好奇心の赴くままに謎に取り組んでいるように見えるし、実際その通りではある。

だけど、その奥に自らの存在意義を問おうとする意思を僕は感じる時がある。

忌み子として育ち、一族から嫌悪され続けてきた彼女が、高校生にして探偵部を作り、事件解決に奔走《ほんそう》したのは、きっとその能力を誰かのために生かしたいと考えたからだ。

自分は不幸を呼ぶだけの存在ではないのだと。

儚《はかな》げな細身で運命に抗《あらが》おうとするその姿は、孤高で、美しく、そしてどこか痛々しい。

僕はそんな先輩を、心から愛《いと》おしいと思う。

恥ずかしくて口には出せないけれど。

「……あなたなら、そう言うと思ったわ」

先輩は小さく一言だけ返したが、すぐに雨の音にかき消されてしまう。

自宅に辿《たど》り着き、僕は軒先《のきさき》でコートについた水滴を払った。

「雄一、このチョコどうしたの？　あんたそんなにモテるの？」

「うん、まあ」

家に入ると、本日幾度となく繰り返されたやり取りが、母親との間で再現される。

説明が面倒なので、僕はみんなで食べてと言って黒野医師の紙袋を居間に置いた。

「そうだ、雄一。郵便が来てたわよ」

母親から小包を受け取り、自室へと向かう。

ヒーターの電源を入れて、包みを開けると、中から箱入りのチョコレートが出てきた。

立方体のチョコが並んだシンプルなもので、ミルク、ホワイト、ビターと三種類の味があるようだ。首をひねりながら、一緒に入っていたカードを見て、僕は思わず声が出た。

「え？」

そこには、居候《いそうろう》代と一言書かれていた。

その下に、後光院凜々花、と名前が記載されている。

「……どうして？」

慌てて体操着入れから先輩の頭蓋骨を取り出すと、彼女は静かに言った。

「無事に届いたみたいね」

「でも」

「勿論《もちろん》、わたしがチョコを送るのは不可能よ。今はね」

「……まさか」

先輩は夏に殺されて、山に埋められた。

彼女はその前にチョコレートを手配していたというのだろうか。

いずれ自分が死ぬこと。そして、僕に掘り起こされることまで予想して。

「ふふ、冷凍保存して指定の時期に送ってくれるサービスがあるのよ」

「……」

以前の会話で、先輩は誰かにチョコを贈ったことがあると言っていた。

相手は肉親ではない。忌み子として育てられた彼女からの贈り物を肉親は決して食べたりしないからと。

「先輩。その相手って、まさか……僕ですか」

「まあ、あなたには世話になると思っていたしね。儀礼的なものに本来あまり興味はないのだけれど――」

少し間を開けて、先輩は僕を見上げた。

「……もらってくれるかしら」

「勿論です」

チョコを一つ摘《つま》み上げると、先輩は「ただ――」と付け加えた。

「時間が経っているから悪くなっているかもしれないわ」

「構いませんよ」

「材料を間違えて、うっかり毒を入れてしまったかも」

「そうなんですか？」

「ええ、当時のわたしはあなたも道連れにしようと考えていたかもしれないし」

先輩は妖艶《ようえん》に微笑《ほほえ》む。

僕はふっと笑って、躊躇《ちゅうちょ》なくチョコを口に入れた。

「食べますよ。先輩がくれたものだから」

もぐもぐと顎《あご》を動かす僕を、凜々花先輩は無言で見上げている。

「……どうかしら」

「すごく美味《おい》しいです。ちょっとだけ苦いですけど」

どうやらビターテイストを選んでしまったようだ。

これは確かに毒だ。

甘く、苦く、心を天に昇らせる。

二月十四日。世間の人々が、砂糖とカカオの混合物に一喜一憂する理由が、僕は初めてわかった気がした。

［第三話］

美しいあなたへ

暗闇《くらやみ》の中、ベッドで身を起こした。
ひっそりと静まった室内を見渡して、大きく深呼吸をする。
また、いつもの夢を見た。
肌がじっとりと汗ばみ、重苦しい倦怠感《けんたいかん》が体にまとわりついている。
それでも——以前とは何かが異なっていた。
もう一度大きく深呼吸して、手首の脈をとると、それほど速くなっている様子はない。
追い立てられるような感覚は確実に薄くなっている。
だからこそ、余計に確信が強くなった。
言いようのない焦燥が、この身をじりじりと焼いている。
そのせいか、曖昧《あいまい》に持ち続けていた一つの思いが、徐々に形を成していくのを感じる。
——やろう。
ふいに決意した。
その時は近づいている。
何を遠慮する必要がある。これは大いなる終焉《しゅうえん》なのだ。
伝えなければ。この想いを。
ずっと、いつも、見守り続けてきた、あの娘《こ》に——。

§

「雄一《ゆういち》、準備はいい？」

幼馴染《おさななじみ》の京子《きょうこ》がサイドテールのゴムを結び直しながら、僕に言った。

「うん、大丈夫」

答えると、京子は僕をじっと見つめ、両手をおもむろに僕の首へとまわした。

小動物を連想させる幼馴染の顔が、息のかかる距離に近づいてきた。

「え、なに？」

「なに、じゃないわよ。全然大丈夫じゃないじゃん。ネクタイ緩んでる」

京子は僕のネクタイを、ぎゅっと締め直した。

急に首が絞まって変な呻《うめ》き声が漏《も》れたが、京子が気にする様子はない。改めて僕の姿を眺め、満足したように頷《うなず》いた。

「ま、最低限は整ったわね。しっかりしなさいよ。新生探偵部への初依頼なんだから」

「うん。わかったよ」

僕は小さくむせながら答えた。

ここは放課後の理科室。

かつて凜々花《りりか》先輩が立ち上げ、今は京子と僕の二人だけが所属する探偵部の拠点だ。

以前は副部長という役職についていた京子だが、年明けから自らの意志で部長に就任した。元部長だった凜々花先輩を支える立場から、自身が先頭に立って部活を引っ張っていくと決めたのだ。

幼馴染は『新生探偵部』を謳《うた》い、校内中に「事件、謎解き、請け負います」と赤字で書かれたビラを配りまくった。当然、僕も多大なる労働力を提供させられることになり、早朝と夕方の校門前でのビラ撒きに加え、閉鎖中だったホームページを全面リニューアルする羽目になったのだが、最近になって、遂に依頼フォームに申し込みがあったのだ。

京子は相当気合いが入っているようで、入学式や卒業式にしか身につけない赤ネクタイの着用を僕に指示した。

「さあ、どんな依頼かしら」

机の脇に置いた体操着入れから、僕だけに聞こえる声が響く。

探偵部の元部長である凜々花先輩だ。

学校指定の鞄に先輩の頭蓋骨《ずがいこつ》は入らないが、体操着入れなら入る。だから、体育がある日は、先輩の頭蓋骨を一緒に連れてくるようにしていた。

新旧の探偵部部長が同じ空間にいるわけだが、勿論《もちろん》京子は知るよしもない。

理科室のストーブは放課後の使用が禁止されているため、制服の上にコートを羽織っても冷え冷えとしている。僕は白い息を吐きながら、ぼんやりと体操着入れを眺めた。

「……」

凜々花先輩の部屋の郵便受けが開けられていたことや、黒野医師にかかってきた怪しい電話のような不穏な影は、このところ感じられない。ただ、気になることがないわけでもない。探偵部のホームページが閉鎖になっていたのは、先輩が行方不明になって依頼者がいなくなったこともあるが、一度不正アクセスがあったのも理由の一つだったのだ。

当時は大して気にしていなかったが、今考えればあれも先輩のことを探ろうとする行為の一つだったのではないだろうか。

暗闇の奥から何かにじっと見られているような奇妙な居心地の悪さを感じるが、結局僕にできるのは、これまで通り先輩の助手を務めることだけだ。それだけが僕にとって唯一変わらない真実だった。

そんなことを考えていると、理科室のドアがカラカラと音を立てて開いた。

「探偵部の部室ってここでいいんだっけ？」

姿を現したのは、ショートカットの女生徒だ。

長身で肌が浅黒く、ボーイッシュな印象をしている。

「ご依頼の方ですね。お待ちしておりました」

京子が僕に見せることのない華やかな営業スマイルで出迎えた。

「三年の山田明美《やまだあけみ》さんですね」

「え、あたし名乗ったっけ？」

突然名前を呼ばれ、女生徒は戸惑った様子を見せる。サイトの申し込みには、三年生という記載と、依頼内容は当日話すとしか書いていなかったはずだが、京子は一目見て相手の名を言い当てた。

「ソフトボール部の前部長ですよね。四番のスイッチヒッターとして、夏のインターハイに出場されましたね」

「そ、そうだけど、よく知ってるね」

女生徒は感心した風に口を開いた。

幼馴染は僕以外には愛想が良く、人の懐《ふところ》に入るのも得意なので、生徒は勿論、出入り業者のおじさんまで含め、あちこちに謎の人脈を有している。そのため日々色んな情報が彼女の元に集まってくるのだ。

それは、先輩が京子を探偵部に入れた理由でもあった。

「山田先輩が依頼者ですか？」

「まあ……あたしというか、あたしじゃないっていうか。ほら、唯《ゆい》。入ってきな」

京子の問いを受け、山田さんが後ろを振り向いて言った。

「う、うん」

女生徒がもう一人、恐る恐るといった様子で理科室に入ってくる。

薄い茶色に染まったセミロングの髪で、毛先がふわりと広がっていた。小柄で、可愛《かわい》らしく、全体的にふわふわした雰囲気をしている。

「あ、久本《ひさもと》唯先輩ですね」

またしても、京子が即座に名前を言い当てる。

「あれ、会ったことあるかな？　ごめん、私、昔から忘れっぽくて」

久本さんが、山田さんと同じように戸惑いを見せた。

「いえ、お話しするのは初めてですけど、クラスの男子がよく可愛い先輩がいるって噂《うわさ》をしてるので」

「ええっ、そうなの」

「最近、野球部の前部長の峰岸《みねぎし》さんと付き合い始めたんですよね」

「そんなことまで知ってるの」

久本さんの白い頰《ほお》が、薄く染まる。反応がわかりやすく、素直な性格であることがうかがえる。ショートカットの山田さんが小さく鼻を鳴らした。

「ふーん、古瀬村《こせむら》に聞いた通り、信頼はできそうだね」

古瀬村さんというのは、我が室骸《むろがい》二高が誇る美人生徒会長で、以前とある依頼を探偵部に持ち込んできたことがあり、今でも時々話をする間柄だった。どうやら山田さんは古瀬村さんと知り合いだったらしい。

「早速だけど、話をしてもいいかな」

「勿論です。雄一、鍵とお茶」

京子が依頼者二人を椅子《いす》に誘導しながら、僕に指示を飛ばす。

雑用係の僕の仕事は、相談中に人が入ってこないようドアの鍵を閉めること。そして、隣の理科準備室のポットで湯を沸かし、人数分のお茶を用意することだ。

「なるほど。ここ最近、変な手紙が届くんですね」

盆に湯飲みを乗せて理科室に戻ると、京子が神妙な顔で頷いているところだった。

「見せてもらってもいいですか？」

「唯、持ってきてるよな」

「あ、うん」

山田さんに言われ、久本さんは鞄から茶封筒を三つ取り出した。

「ちょっと失礼します」

京子は手袋をつけて封筒を持ち上げる。

表に住所の記載はなく、久本唯様という宛名だけが書かれていた。

「差出人の名前はないですね」

封筒を裏返して確認した京子は、中から一枚の白い紙を引き出す。

「うわっ」

そして、小さく声を上げ、露骨に眉根を寄せた。

盆を手にしたまま脇から覗《のぞ》き込むと、

——美しいあなたへ。

という一文がまず目に入る。そして、角ばった文字でこう続いていた。

——唯。いつも君を見ている。俺たちは運命の糸で結ばれているのだから。

「ストーカー、ですか？」

京子の言葉に、山田さんが頷き、久本さんは不安そうな表情を浮かべている。

僕は皆の前にお茶を置き終えると、体操着入れをさりげなく膝《ひざ》に抱えた。体操着入れには幾つもの小さな穴を開けており、中にいる凜々花先輩が外部の様子を確認できるようにしている。

「雄一くん。二つ目の封筒を」

膝に乗せた凜々花先輩の指示で、僕は京子に次を見るように促した。

二つ目の封筒も同じ形式で、中の紙には、美しいあなたへ、という枕詞《まくらことば》で始まる文章が書かれている。

——この前はマフラーを忘れて登校していたね。そんな風に抜けているところは魅力だけど、気を付けないと風邪を引いてしまう。唯が病気になると俺もつらい。

三つ目の封筒も同じ書き出しで、こう続く。

——転んで膝を怪我したようだけど大丈夫？　そういう時はすぐに消毒してもらわないと駄目だよ。俺のためにも身体《からだ》を大事にしないと。

「うわぁ……。これはガチなやつですね」

京子はすっかり探偵部部長の顔から、素の女子高生に戻った様子で、きわめてわかりやすい感想を口にした。

「マフラー忘れたとか、転んだとか、どっかで見てたってことでしょ。俺のためにも身体を大事にしないと……って、きもっ。犯人は絶対汚いおじさんですよ」

論理的思考の欠片《かけら》も感じられない台詞《せりふ》を吐くので、袖《そで》を軽く引っ張ると、京子は我に返ったようで、わざとらしく咳払《せき》いをした。

「そ、それで、これはいつ届いたんですか？」

「ええと……最初の手紙が一カ月前で、次が三週間前くらい。三つ目は先週かな」

久本さんは思い出そうとするように、中空を眺めながら答える。

「そこでやっとあたしに相談があったんだよ。すぐに警察に行ったほうがいいって言ったんだけど、唯が行きたがらないんだ」

山田さんが恨めし気な視線を、久本さんに向ける。

「だって、そんなおおごとにしなくても」

「十分、おおごとなんだって。手紙に住所が書かれてないってことは、直接家のポストに投函《とうかん》されてるんだよ。やばい奴がすぐそばに来てたってことだからさ。なにかあってからじゃ遅いんだよ、唯」

「でも……」

うつむく久本さんを見て、山田さんは肩をすくめた。

「まあ、気持ちはわかるけどさ。お母さんに心配かけたくないんだろ？　警察に相談したら、お母さんに連絡いくかもしれないし、唯はそれが嫌なんだろ」

「……ごめんね、明美ちゃん。私は——」

久本さんは何かを言いかけたが、後に続く言葉はなく、黙り込んでしまった。

山田さんがショートカットの髪をかきあげ、ふうと溜め息をつく。

「まあ、もし警察に行っても、事件が起きないと何もしてくれないっていうニュースも見るしさ。だったらまずは身近で頼りになる相手に相談しようと思って」

「彼氏さんには相談してないんですか？」

京子が尋《たず》ねると、久本さんは首を横に振った。

「まだしてないの。変に心配かけたくないし」

「あいつは単細胞だから、下手《へた》に相談すると、余計問題がややこしくなるんだよ」

山田さんが相槌《あいづち》を打つ。

友達の彼氏をいきなり単細胞呼ばわりしたのには少し驚いたが、久本さんの彼氏は野球部の前部長と京子が言っていた。山田さんはソフト部の前部長だったようだから、運動部同士関わりがあるのかもしれない。

「それで中学の後輩だった古瀬村に聞いてみたら、探偵部を頼るといいって。で、唯の代わりにあたしが申し込んだんだ。これくらいなら、おおごとにはならないだろ」

山田さんは久本さんをちらりと見た後、僕たちに顔を向けた。

「それで、どうすればいいかな」

「そうですね……」

部長の京子が、僕に視線を寄越す。何か言え、ということだ。僕はただの雑用係のはずなのに、結局こういう役回りも押し付けられる。

「ええと、まず、差出人に心当たりはありますか？」

僕が尋ねると、久本さんは細い眉を寄せた。

「うーん……それが全然わからないの」

「この字に見覚えは？」

手紙を指さすが、久本さんは再び首を横に振る。山田さんが横やりを入れた。

「唯は見ての通り警戒心が薄いっていうか、ぼうっとしてるっていうか。なんかあっても気づかない奴なんだよ」

「明美ちゃん、ひどい。まるで私が馬鹿《ばか》みたいじゃない」

「天然なのは間違いないだろ」

同級生二人がやり合っている間、僕は証拠品となる手紙に目を向けた。

「封筒はコンビニで売っているようなどこにでもあるものですね。紙もただの印刷用紙だと思います」

つまり、どこの家庭にもあるもので、手掛かりにはなりにくい。

「じゃあ、どうしようもないってことか……」

「いえ、今の時点で犯人像について幾つか言えることはあります」

一瞬落胆《らくたん》を見せた山田さんに僕は言った。

「まず犯人は、久本さんの家を知っており、かつ比較的近所に住んでいる可能性が高い」

「手紙が届いている時点で家の場所を知っているのはわかるけどさ。近所に住んでいるっていうのは？」

山田さんの問いに、僕は封筒に目線を落として答える。

「二つ目の手紙で、マフラーを忘れて学校に行ったという記載がありますよね。そのためには、冬の朝早い登校時間に久本さんを目撃しないといけません。観察が容易な距離にいると考えるのが妥当かなと」

「ああ、なるほど。でも、それだけで犯人を絞るのは難しいよな……」

「重要なのは三つ目の手紙なんです」

僕は説明を続ける。

「転んで膝を怪我したってやつ？　それが一体？」

「その先の文章を見てください」

「すぐに消毒してもらわないと駄目だよ――って書いてるけど、それが？」

山田さんの疑問を受け、僕は膝に抱えた体操着入れに一度視線を落とした。

そして、おもむろに顔を上げる。

「その文章、少し変だと思いませんか。久本さんは小さな子供ではないですし、普通なら、消毒しないと駄目だよ、じゃないでしょうか。なのに、消毒してもらわないと駄目だよ、と書かれています」

山田さんと久本さん、それに隣の京子も僕が何を言いたいのかよくわかっていないようで、小さく首をひねった。

「回りくどい言い方ですいません。これはつまり、久本さんが転んだ時、消毒をしてもらえるはずの場所が近くにあったということではないでしょうか。しかし、久本さんはそこに行かなかった。だから、手紙はこういう書き方になった」

「それって病院のこと？」

京子が横から口を出したが、僕は首を横に振る。

「普通、消毒のためだけに病院には行かないだろうし、行ったとしても待たされる可能性が高い。すぐに消毒をしてもらわないと駄目だよ、という言葉と矛盾《むじゅん》するよね」

僕は依頼人に目を向けた。

「久本さん、この手紙に書かれている時のこと覚えていますか？」

「う、うん。多分、学校の渡り廊下で躓《つまず》いて転んだ時のことだと思うんだけど」

「あっ、なるほど。保健室か」

山田さんがぽんと手を叩き、僕は頷いた。

「おそらく。渡り廊下のそばには保健室がありますから。犯人はその様子を見ていたのでしょう。そして、このことは犯人像についてもう一つの情報を与えてくれます」

「……」

久本さんと山田さんが顔を見合わせた。

警戒するような視線を周囲に向け、山田さんは一段声を低くした。

「つまり、犯人は学校にいる……ってことか」

「その可能性が高いと思います。同じ学校に通っていれば、二枚目の手紙にある、登校時にマフラーを忘れたというのも容易に指摘できます。それに制服姿なら、下校時に偶然同じ方向に帰っている風に装えば、それほど怪しまれずに久本さんの家を特定できます」

「……」

場に降りた沈黙は、京子が両手を打ち鳴らした音で破られる。

「よし、決まったわね。校内の関係者を洗い出して目星をつけていきましょう」

幼馴染は急に探偵部部長の顔に戻って、場を仕切り始めた。

「なるほど、古瀬村の言う通り頼りになりそうだね。来てみたら、一年生二人しかいないし、実は不安だったんだけど」

山田さんの台詞に、京子は胸を張って返す。

「うちは少数精鋭なんです。凜々花先輩にみっちり鍛えられましたから安心してください」

「後光院《こうこういん》さんか。この世の者とは思えないくらい綺麗《きれい》な人だったよな。まだ行方がわかっていないんだよね……」

美しく聡明で、近寄り難いオーラを常に漂わせていた凜々花先輩は、校内の誰もが知る有名人だった。

公《おおやけ》には失踪《しっそう》という扱いになっている先輩のことを偲《しの》んでか、山田さんと久本さんは目を伏せた。凜々花先輩を敬愛していた京子も寂しそうに唇を結んでいる。

実際のところ、先輩は僕の膝の上に乗っており、これまでの推理は全て彼女の指示によるものだが、勿論それを言うわけにはいかない。

「探偵部の活動は久しぶりね」

周囲の沈んだ空気とは裏腹に、体操着入れから響く凜々花先輩の声は弾んでいる。

バレンタイン事件の直後、探偵の真似事、と言われたことを少し気にしているようで心配したが、杞憂《きゆう》だったようだ。結局、謎があれば先輩は満足なのだ。

凜々花先輩は何も変わっていないから安心して。

ただ、死んでいるだけだから。

僕は心の中で、目の前の皆にそうつぶやいた。

§

「あー、確かにそれっぽいわね」

翌日の昼休み。僕と京子は校舎の三階を歩いていた。

ここは三年生の教室が並ぶフロアで、僕らはある人物を観察しに来たのだった。

「あの人が山田さんの言ってた人？」

「間違いないわ。見るからにそうじゃない」

隣の京子が、眉間《みけん》に皺《しわ》を寄せて言う。視線の先には、やたら猫背で、机に蹲《うずくま》るようにして単語帳を見ている小太りの男子生徒がいる。

学校に犯人がいるというなら、あいつが怪しい気がする。

朝、僕らのところに来た山田さんがそう言って、白石《しらいし》という男子生徒を挙げたのだ。

山田さん曰《いわ》く、久本さんは可愛い上に誰にでも優しいため、時々勘違いをする男が出てくるのだと。小柄でふわふわした久本さんに庇護欲をそそられたようで、白石という男子生徒は一時期しつこく彼女に付きまとっていたらしい。

当の久本さんは犯人に心当たりがないと言っていたが、山田さんが昨日言った通り、久本さんはいい意味で人の悪意に気づきにくい印象を受ける。

京子は壁にもたれかかりながら、白石という男子生徒に、まるで凶悪犯に向けるような鋭い視線を送った。

「あいつが犯人よ。間違いないわ。私の探偵としての勘がそう言ってる」

勘というか、単に見た目の判断じゃないかと思ったが、余計なことは口にしない。

ただ、例の手紙は、久本さんに彼氏ができた後から届き始めたようだから、恋心をこじらせた男が腹いせに嫌がらせをしてきた可能性は十分にある。

「雄一。早速、問い詰めてきて」

「ええ、僕が？」

「当たり前でしょ。雑用係なんだから」

うちの雑用係は、ビラ撒きやお茶汲《く》みのみならず、事件の推理や容疑者の尋問までこなすものらしい。なんて幅の広い仕事なんだ。

「いや、証拠がないまま問い詰めても、素直に認めるとは思えないけど」

「じゃあ、どうするのよ」

「放課後に忍び込んで机の中を漁《あさ》るほうがいいんじゃないかな。ノートでも見つかれば、手紙と筆跡を比較できるし」

「放課後に忍び込むとか、よくそんな悪知恵が働くわね」

京子がなぜか少し引き気味に答え、容疑者に遠くから啖呵《たんか》を切った。

「仕方がないわね。首を洗って待ってなさいよ」

放課後。

受験を間近に控えた三年生は早々に学校を後にし、三階の廊下はしんと静まり返っていた。窓の向こうに広がる夕闇には、ちらちらと白いものが交じり始めている。

「雄一。急いでよ」

「わかってるよ」

教室に足を踏み入れた僕と京子は、ターゲットの机へと近づいた。

通い慣れない教室に、まるで他人の家に入ったような違和感を覚える。この落ち着かない感覚は、今日は体育がないため、先輩が一緒にいないせいもあるだろう。

「あった？」

「ちょっと待って」

不安げな京子の声を耳にしながら、僕は標的の机の中を覗き込んだ。

シャープペンシルの芯や、消しゴムのカスが散乱している奥に、教科書が数冊乱雑に詰め込まれている。

「雄一、ノートは？」

「うーん、なさそう。家での勉強用に持って帰ったのかも」

「えっ、じゃあどうするのよ」

「教科書が何冊か置いてあるから、それを確認してみるよ」

京子にそう答えて、上の一冊を取り出してパラパラとめくった。

アニメ風の女の子の絵がところどころに落書きされていたが、肝心《かんじん》の文字がない。メモ書きの一つでもあるかと思ったが、裏カバーを見ても名前すら書かれていない。

二冊目をチェックしていると、京子がじれたように言った。

「雄一、私トイレに行きたいんだけど」

「うん。こっちは見ておくから」

京子が教室を出ると、静けさが一段と深くなった。

二冊目を一通り見たが、筆跡を確認できるものはなかった。

三冊目、ない。

四冊目、ない。

最後の一冊を手に取る。

世界史の教科書だ。一枚一枚、頁《ページ》を丹念にめくっていく。

すると、その時期だけやる気を出していたのか、中世ヨーロッパの歴史の辺りにアンダーラインが何本も引かれ、注釈が細かく書かれてあった。

「よし」

この文字を手紙と比較すれば、ある程度当たりがつく――

「おい、なにやってんだ」

突然教室の出入り口から声がした。

髪を短く刈り込んだ、色黒で大柄な男子生徒がそこに立っている。

「お前、一年か？　三年の教室で何やってんだ」

この学校は、校章の色で学年がわかるようになっている。三年生の校章をつけた男子生徒は、眉間に皺を寄せて近づいてきた。

僕は急いで立ち上がる。

「すいません。山田明美さんの机はここでしょうか？」

「山田、明美？」

男子生徒はふいに立ち止まり、首を小さくひねった。

「山田明美って……ソフト部のか？」

「はい。山田さんに頼まれたんです。机に教科書を忘れたと思うから、見てきてくれないかって」

僕は咄嗟《とっさ》にデタラメを口にした。山田さんはこのクラスではなかったはずだが、一年が三年の教室に来ることは普通ないので、間違えたと言えばそれほど怪しまれないだろう。

それに相手が山田さんであれば、後で幾らでも口裏合わせができる。

「お前、あいつと知り合いなのか」

「はい。朝戸《あさと》雄一と言います。頼まれて忘れ物を見に来たんですけど、教科書に名前がないから、この席で合っているのかよくわからなくて」

僕は真顔で嘘《うそ》がつけるので、大抵の相手は騙《だま》される。

案の定、男子生徒は拍子抜けした様子で、人差し指を横に向けた。

「明美の教室はここじゃねえよ。隣だ」

「あっ、そうなんですか。ありがとうございます」

明美、という親しげな呼び方が気になりつつも、僕は頭を下げて、そそくさと教室を出ようとした。

が――

「雄一っ。白石の証拠は見つかった？」

あろうことか、そのタイミングで幼馴染が勢いよく教室に飛び込んできた。

京子は、僕と三年の男子生徒を交互に眺め、ぽかんと口を開く。

「……え、あれ？」

僕は溜め息をついて、額を押さえた。

「……おい、白石ってどういうことだ？　お前、明美に頼まれたって言ったよな？」

当然のように、男子生徒はいきり立ち、袖をまくりながら距離を詰めてきた。

急いで次の言い訳を考えなければならないが、相手の接近速度を勘案すると、おそらく間に合わないだろう。一発殴られる覚悟を決めるほうが先かもしれない。

その時――

「待って、裕也《ゆうや》くん」

「裕也、ちょっと待ってくれ」

二つの声が割って入り、男子生徒は足を止める。

彼が振り返った先には、二人の女生徒がいた。

ふわふわした髪をした色白の少女と、上背のあるショートカットの少女。

「……唯？　それに、明美？」

男子生徒が不思議そうに名を呼ぶ後ろで、僕は小さく息を吐いた。

依頼人の二人には、白石の筆跡を一緒に確認するために、理科室に待機してもらっていた。僕の戻りが遅かったので、様子を見に来てくれたようだ。

ただ、運良く殴られるのは回避されたが、別の問題が生じてしまった。

京子が男子生徒をしげしげと見つめて言った。

「あの、峰岸先輩ですよね。野球部元部長の」

「ん、ああ、そうだけど」

やはり、と思う。

明美、という距離の近い呼び方。

野球部の元部長。

そして、今、久本さんと山田さんが彼を下の名前で呼んだことからの推測。

つまり、彼は最近付き合い始めたという久本さんの彼氏だ。

§

「は？　ストーカー？」

その後、僕らは部室の理科室に移動し、久本さんの彼氏を交えて話をした。手紙を見た峰岸さんは、立ち上がって机に激しく手をつく。

「どうして俺に相談しねーんだよ、唯」

「だって、心配させちゃうから……」

「そりゃ心配するに決まってんだろ」

「裕也、とりあえず座れって。そのままじゃ話ができないだろ」

山田さんの言葉で、峰岸さんは渋々腰を下ろす。

単細胞だから話すと余計問題がややこしくなる、と山田さんが彼のことを許していたのを思い出した。峰岸さんはノートを忘れて教室に戻ってきたらしいのだが、運悪くバッティングしてしまった。

元野球部部長はぱきぱきと指を鳴らした。

「白石の野郎。許せねえ」

「まだ白石さんが犯人と決まったわけじゃありませんから」

僕が言うと、峰岸さんはもう一度立ち上がった。

「じゃあ、どうやったらわかるんだよ」

「裕也くん。ちょっと落ち着いて。この子たちは協力してくれてるんだから」

「わ、悪い……」

いきり立っていた彼氏は、彼女の一言で途端に大人しくなった。

京子がごほんと咳払いをする。

「それじゃあ、確認のために早速筆跡のチェックをしたいと思います。雄一、教科書持ってきた？」

僕は頷いて、白石の机から拝借した教科書を皆の前に広げた。

その横に久本さんに届いた手紙を並べる。

皆が身を乗り出すように覗き込み――

「うーん……」

京子が残念そうに息を漏らした。

僕らは筆跡鑑定については素人《しろうと》だ。

しかし、両者の文字は、その素人が見てもわかるほど、似ても似つかないものだった。

§

夜。寝る準備を整えた僕は、押し入れから取り出した先輩の頭蓋骨を両手に抱え、ベッドの端に腰を下ろした。

膝の上に置くと、暗い眼窩《がんか》に切れ長の瞳がぼんやりと浮かんだ。

「雄一くん。それで捜査の進捗《しんちょく》は?」

「それが……いまだに手紙の送り主は見つかっていません」

僕は首を横に振った。

白石が犯人候補から外れた後、山田さんが思いつく他の犯人候補——つまり、久本さんに過去好意を寄せたものの、想いが実らなかった男たち——に加え、峰岸さんが雰囲気で怪しいと思った人物たちの机の中まで確認してまわることになったが、手紙の筆跡と合致しそうなものは見当たらなかった。

一連の結果を告げると、頭蓋骨にうっすらと重なった先輩の美顔がくもった。

「それは短絡的だったわね」

「そうなんです。単細胞と言われるだけあって、久本さんの彼氏は自ら率先して犯人捜しを始めてしまって」

「いえ、短絡的というのは、あなたのことだけど」

「すいません」

条件反射で頭を下げた後、僕は恐る恐る顔を上げる。

「あの、どういうことですか？」

「依頼者の勘と、見た目の印象だけで犯人の目星をつけるなんて、とても論理的な行動とは言えないわ」

「ですが、今のところ他に手掛かりがないように思えまして……」

「逆に、筆跡が明らかに違うというだけで、犯人候補から除外するのもどうかしら。例えば、犯人が久本さん宛ての手紙を書く時だけは利き手と逆の手を使っていたら？」

「な、なるほど……」

言われてみれば、そういう場合もありえる。

確かに犯人が学校にいて、久本さんと関係があった者だとすると、ある程度候補は絞られてくる。疑われた際のカムフラージュとして、敢《あ》えて利き手で書かなかった可能性も十分にある。

「ということは、僕が確認した中に、実は犯人がいたんでしょうか」

「それはどうかしら」

先輩はなんとも言えない答え方をした。

「確かに普段書き慣れない手で書字をすれば、筆跡はある程度ごまかせる。だけど、手紙の文字は、癖はあるけど形は整っていたし、不慣れな手を使って果たしてあれだけ書けるものかしら」

「じゃあ、やっぱり犯人は利き手で書いていた。ならば、今日チェックした中には犯人はいなかったことになります」

「ふふ……」

先輩は肯定も否定もせず、薄い笑みを返した。

僕が困った様子を見て楽しんでいる顔だ。

「あの、先輩、結局どっちが答えなんでしょうか……？」

「雄一くん」

「はいっ」

突然の鋭利な声色《こわいろ》に、自然と背筋が伸びた。

「今回の事件は、榎並《えなみ》さんが部長になって最初の依頼。つまり、新生探偵部の門出という位置づけになるわよね」

「まあ、そうとも言えるかもしれません」

「で、あれば、元部長のわたしに頼らず、自分たちで解決してみせるべきではないかしら」

「ええっ……！」

驚きのあまり、つい大きめの声が出る。

ドアの向こう側で、壁がどんと叩かれた。廊下の向かいにある妹の部屋からだ。最近ダイエットをしているようで、気が立っているらしい。

僕は声量を落として、凜々花先輩に向き直った。

「僕と京子だけで解決するなんて無茶ですよ、先輩」

「榎並さんは自らが先頭に立って部を引っ張っていくと決めたのよね。後輩が頼もしく成長していくのを見るのは、先輩としての喜びでもあるわ。そして、部員のあなたは、彼女を支え応援してあげる立場にある」

「それはそうですが……」

先輩は死んだ後、自身を慕っていた京子のことをずっと気に掛けていた。

だから、部を引き継いだ京子を思いやって……いや、本当か？　どちらかというと、容疑者候補の筆跡確認という、面白イベントに連れて行かれなかったことに対する僕への腹いせではないだろうか。

「というわけで、明日あなたの答えを聞かせて」

「ええっ」

もう一度大きな声が出そうになって、僕は口を押さえた。

「明日までに答えを出すのはさすがに無理ですよ」

「今は怪しい手紙が届いているだけ。でも、犯人捜しが遅れたせいで、取り返しのつかない事態が起きたらどうするの。できるかどうかではなく、やるかやらないかを聞いているのだけど」

「あの、やります……」

僕が選べる答え方は一つだった。

「先輩はまさかもう犯人の目星がついているんですか」

「考えていることはあるけれど、断定するにはもう少し情報が欲しいところね」

先輩にはなんらかの仮説があるということか。しかし、確信に変わらない限りは、彼女がそれを語らないことを知っているので、僕もこれ以上尋ねることはしない。

困ったことになったと思いつつも、とりあえず寝ようと考え、僕は先輩を押し入れに戻そうとした。部屋のドアに鍵はしているが、何かの間違いで家族が入ってこないとも限らないため、就寝中や体育がない学校の日は、僕は先輩の頭蓋骨を押し入れに匿《かくま》うようにしていた。

いつものように引き戸を開けようとして、ふとその手を止める。

それは小さな違和感だった。

「……」

「どうしたのかしら」

同じ姿勢で固まっている僕に、先輩が訝《いぶか》しげに尋ねた。

「いえ……先輩、その、もう少しお話できますか？」

「わたしは構わないけれど」

僕は蛍光灯の紐《ひも》を引っ張り、先輩の頭蓋骨を枕元に丁寧に置いた。

ベッドに横たわると、先輩の顔が近く、脈が少し速くなっているのを感じる。

暗闇の中、衣擦れの音と、一人分の息遣いだけが部屋に響いた。

「それで、どうしたのかしら」

「あの、推理のヒントだけでも頂けないかと思って」

まぎれもない本音である。

ただ、もう一つ気になることがあった。

凛々花先輩は、妖《あや》しく、聡明、謎が大好きで、時に横暴に僕を振り回す。

そんな僕らの関係は、先輩が死んでも変わらない。

だから変だと思った。いつも率先して事件の解決に当たるはずの先輩が、僕に推理を任せるなんていうことが、生前あっただろうかと。僕が記憶している限りはない。それがなんだか急に気になったのだ。聞いたところで真意は教えてくれないだろうけど。

だから、せめて今日はできるだけ近いところに彼女を置いておきたい気分だった。

僕の想いを知ってか知らずか、枕元の先輩は、小さく嘆息して口を開いた。

「雄一くん。今回の犯人像は？」

「ええと……久本さんの生活を観察できるくらい近所に住んでいて、おそらく学校関係者という話でしたが」

「そうね。でも、もう一つ重要な視点がある。それは動機」

「動機……？」

僕は小さく首をひねった。

「久本さんへの恋心をこじらせた以外にあるんでしょうか」

「素直に考えればそうでしょうね」

含みを感じる言い方だが、僕には先輩の意図が読めない。

犯行動機に事件解決の鍵があるということだろうか。

「まあ、いくら相手が好きだからといって、僕にはあんな手紙を送る気持ちはわからないです」

「人骨と過ごしているあなたの気持ちのほうが、よっぽど理解されないでしょうけれど」

「そう言われると、反論の余地がありませんが……」

僕はすぐ目の前にある先輩の頭蓋骨を見つめた。骨に宿る魂が、生前の美しい顔をその表面に浮かび上がらせる。雪のように真っ白な肌。妖しく蠢《うごめ》く紅《あか》い唇。長い睫毛《まつげ》に縁どられた切れ長の瞳に見つめられ、自然と鼓動が速くなる。

「雄一くん、あなた……髪が伸びたわね」

ふいに言われて、僕は頭に手をやった。そういえばしばらく散髪に行っていない。

「切ったほうがいいですかね」

「それはどっちでもいいけれど」

「ですよね。どっちでもいいですね」

僕の髪の長さなどどうでもいいのだ。

凛々花先輩は、少しだけ優しい顔つきになって言った。

「もう寝なさい。あなたは生きているのだから、睡眠を取らないと頭が働かないわよ」

「わかりました」

僕は片手で毛布を持ち上げ、横に寝かせた彼女の頭蓋骨に半分かぶせようとした。

「ふふ、別に毛布がなくても、わたしは風邪をひかないから」

「そうかもしれませんが……」

これは気持ちの問題だ。

僕はもう少し毛布がかかるように、先輩の頭蓋骨を引き寄せようとする。

指先に触れた骨は、ぞくりとするほどに冷たかった。

「先輩……」

「なにかしら」

「いえ……なんでもないです。おやすみなさい、先輩」

奇妙な不安感を押し殺すように、僕は凜々花先輩を腕に抱えて、目を閉じた。

やがて、子守歌のような囁《ささや》き声が鼓膜にそっと入ってきた。

「……ええ、おやすみ。雄一くん」

§

翌日の放課後。

探偵部の部室となる理科室で、僕と京子は難しい顔で向かい合っていた。

「今後の捜査方針を決めなきゃいけないわね」

幼馴染は、眉を八の字にして腕を組んでいる。今回は新生探偵部最初の依頼であり、京子としては絶対に未解決で終わるわけにはいかないと考えているようだ。

そして、それは僕も同じだ。この事件は自分たちで解決するように先輩から宿題を出されてしまっている。先輩の真意はどうあれ、指示を受けた以上、今は期待に応《こた》えるべく頑張るしかない。

「雄一。あんたも何か意見を言いなさい」

「うーん……そうだね……」

「煮え切らない返事ねぇ。あんた時々冴《さ》えたことを言うじゃない。今日は駄目なわけ？」

僕の冴えた台詞は、ほとんど凜々花先輩の入れ知恵のおかげだから、体育がなく先輩不在の今日は機能しない可能性が高い。昨晩、先輩の様子がいつもと違う気がして心配だったが、朝は普段通りだったため、少し安心して家を出てきたことを思い出す。

そのまま京子と二人で悩んでいたら、出入り口のドアがカラカラと引かれた。

そこに立っていたのは、依頼人の女生徒二人と、色黒の元野球部部長だ。

「あ、すいません。ちょうど今後の方針を決めていたところで……」

京子が立ち上がって言うと、山田明美さんが怖い顔で近づいてきた。

「それより、また来てたんだよ、手紙が」

「えっ」

声を上げる京子の前に、依頼人たちが腰を下ろす。

峰岸さんは物騒な表情を浮かべ、山田さんも険しい顔つきをしている。久本さんもいつものほんわかした印象ではなく、神妙な面持《おもも》ちだ。

取り出された手紙は、いつものように「美しいあなたへ――」の一文から始まっているが、続きはこれまでとは少々毛色の違うものだった。

――色々言いたいことがあるのに、伝えるのは難しいな。思ったようにはいかないみたいだ。初めからうまくいくわけがなかったのに、一体俺は何をやっていたんだ。

前半は反省文のような言葉に始まり、

――今はただ、君が俺のものじゃなくなるのが悲しい。運命の糸は切れてしまった。いや、本当はだいぶ前に切れていたんだ。それに気づいていたのに……

諦《あきら》めのムードを漂わせた後、最後に決定的な一言が記されている。

――だから、もう終わりにする。君が生まれた日に、お別れだ。永遠に。

「永遠に、お別れって……」

京子が唇をかすかに震わせた。

不穏な空気が周囲に漂う中、山田さんが口を開く。

「唯。これは脅迫だよ。さすがに警察に届けよう」

「で、でも……」

「その必要はねえよ」

躊躇《ちゅうちょ》する久本さんの肩を、彼氏の峰岸さんが摑《つか》んだ。

「君が俺のものじゃなくなるだって？　ふざけんなよ、犯人の野郎は絶対許さねえ。俺が直接ふんづかまえてやる。唯は俺が守る」

山田さんは一瞬目を見開いた後、峰岸さんに食ってかかる。

「そんな変な男気いらないんだって。素人に何ができるんだよ」

「あ？　なんだと――」

「あの、ひとまず落ち着いてください」

僕は控え目に上級生の会話に割って入った。今必要なのは情報だ。前向きに考えれば、この手紙は新たな情報をもたらしてくれたとも言える。

「手紙はいつ届いたんですか？」

「今朝、ポストを見たら入っていたの。昨日の学校帰りに見た時にはなかったと思う」

久本さんが思い出しながら答える。

つまり、手紙は久本さんの帰宅後から、今日の朝までの間に投函されたことになる。

僕はもう一度手紙を読み直した。

君が俺のものじゃなくなるのが悲しい。

運命の糸は切れてしまった。

相手への執着と、どこか自暴自棄になっている様子がうかがえる。

そして、最も気になる言葉は――

「久本さんの誕生日はいつですか?」

僕は手紙の受取人に尋ねた。

君が生まれた日に、お別れだ――もし文面通りだとしたら、犯人は久本さんの誕生日に何かを起こそうとしている。

「次の金曜日だけど……」

すると、山田さんが勢いよく立ち上がった。

「よしっ。その日は朝に唯の家まで迎えに行って、帰りも送るよ」

「帰ってから何かあるかもしれねえし、どうせならそのまま唯の家に泊まって誕生会やろうぜ」

峰岸さんも当然のように迎合する。

「ええっ。受験も近いし、そんなの悪いよ」

「いいんだって。唯に何かあったらどうすんの。警察に行ったって多分動いてはくれないだろうし、あたしたちが警護するから。みんなで東京の大学に行くんでしょ？」

「そ、そうだけど……」

結局、友人と彼氏に押し切られる形で、久本さんの家で護衛も兼ねた誕生会が開かれることになった。

「差し入れは持っていくからさ。お母さんにご飯の準備はいらないって言っといて」

「じゃあ、俺は飲み物買ってくわ」

瞬《またた》く間に企画が成立し、依頼人たちは理科室を後にする。ストーカーが行動を起こすかもしれない具体的な日程を示唆《しさ》したことで、事態が急速に動き出した感じだ。

にわかに緊張感が増してきたが、犯人捜し自体は何も進展していない。

京子を見ると、三人が出ていったドアをじっと眺めていた。

「ねえ、雄一。私ちょっと思ったんだけどさ」

「うん」

「もしかしたら……好きなのかも」

「ん？　何の話？」

思わず尋ねたところ、京子から意外な答えが返ってくる。

「……」

その言葉を頭の中で反芻《はんすう》していると、京子が顔を覗き込んできた。

「急に黙り込んでどうしたのよ。あ、まさかいいこと思いついたわけ?」

いいことかはわからない。だが、検討してみる余地はある。

僕はおもむろに顔を上げて、幼馴染に言った。

「京子、その件ちゃんと調べてみよう」

§

その日の夜。

押し入れから取り出した先輩の頭蓋骨の前で、僕はごくりと喉《のど》を鳴らした。

「では、雄一くん。あなたの考えを聞かせてもらおうかしら」

宿題の解答時間だ。

窓の外には粉雪が舞い、甲高い風の音が夜に響いている。街灯が照らすアスファルトには、白い膜がうっすらと張っていた。週末は積もるようだと天気予報が言っていたのを思い出す。

「まず考えたのは、先輩が言っていた動機についてです。なぜ犯人は、あんな手紙を久本さんに送ったのか」

先輩は表情を変えずに「続けて」と先を促した。

「最初は犯人が久本さんに好意を寄せるあまり、あんな行為に出てしまったのだと無意識に思っていました。いわゆる典型的なストーカーのイメージです」

手紙の内容を見れば、誰だってそのように思うだろう。

だが、昨日僕がそう答えた時、先輩は微妙な反応を見せた。

「だから、実はそこには単に好意を示したいのではない、別の意図があるんじゃないか。そう考えてみることにしました」

「どんな意図があったというの？」

先輩は、まるで教師のような口調で先を尋ねる。

「あの手紙を書いた目的は、犯人の自己満足。自分の想いを知って欲しいという身勝手な欲。普通はそう考えます。ただ今回に関しては、手紙を受け取った結果、生じるであろう効果のほうが犯人の目的だったのではないかと……」

「まわりくどいわね。結論は簡潔に言って」

「すいません。これまで手紙を送る側のことばかり考えていましたが、もらう側のことを考えてみたんです。あんな手紙をもらったらどう感じるか。ストーカーに狙われているかもしれないと思ったら、普通はいい気分はしないでしょうし、誰だって少なからず動揺すると思うんです」

「つまり？」

「つまり、あの手紙の真の目的は、思いを伝えたいという類《たぐい》のものではなく、手紙を受け取る久本さんを動揺させることそのものだったのではないでしょうか」

先輩がうっすら微笑《ほほえ》んだような気がした。

「犯人はなぜ久本さんを動揺させたいのかしら？」

「今は二月。三年生はもうすぐ受験です。受験直前にこんな手紙がきたら、勉強に集中するのは難しくなります」

僕は一気に結論を口にする。

「まとめると、犯人は久本さんを動揺させることで受験に失敗して欲しかった。だからストーカーを装ってあんな手紙を送った。それが今回の事件の真相です」

先輩はゆっくり頷いた後、挑発的な視線を僕に向けた。

「それで、肝心の犯人は？」

僕はすぅと息を吸って、その名を挙げた。

「山田明美さんです」

——もしかしたら……好きなのかも。

きっかけは依頼人たちが帰った後の、京子の一言だった。何の話か尋ねたところ、幼馴染はこう返したのだ。

——山田先輩よ。もしかしたら、峰岸先輩のこと好きなんじゃないかな。

僕は他人の恋愛事情には少しも興味がないけれど、京子はこういうことに関しては鼻がきく。だから信憑《しんぴょう》性はあると思った。

唯は俺が守る——と、峰岸さんが力強く言った時の、ほんの一瞬表れた山田さんのショックを受けたような表情で、ピンときたらしい。

そして、もしそれが事実だとしたら、事件の見え方が大きく変わってくる。

その後、京子の情報網を使って、山田さんのソフト部の後輩から、かつて彼女が密《ひそ》かに峰岸さんに想いを寄せていたこと、そして、峰岸さんと久本さんの仲を取り持ったのは山田さんだったことが確認された。

好きな男に呼び出され、心躍《おど》らせて会いに行ったら、自分の親友を紹介してくれと言われたわけだ。結局、峰岸さんと久本さんはうまくいき、その間に挟まれて、二人に笑顔を向ける山田さんはどういう心境だったのだろう。

三人は同じ東京の大学を受験することになっていた。

ここで、ふと一つの考えが山田さんに浮かんだのではないか。

もしも、久本さんだけが受験に失敗したら――と。

おそらく彼女はこの地元に残ることになる。

無論、それですぐに峰岸さんと別れることはないだろうが、遠距離恋愛は長続きが難しいと聞く。反対に、東京でいつも彼のそばにいるのは自分だ。

新たに彼女の座に収まる確率は、ぐっと高くなる。

そこで山田さんは、久本さんを動揺させる手段として、ストーカーを装った手紙を書くことにしたのだ。

手紙は足がつかないように、利き手と反対の手で書いた。彼女はソフト部では、スイッチヒッターとして活躍しており、両手を上手《うま》く使える。勿論、打撃と手書きの器用さは質が異なるだろうが、練習をすれば普通の人よりはうまく書けるかもしれない。

懸念は、手紙を受け取った久本さんが、警察に届けて事件がおおごとになってしまうことだが、母親に心配をかけたくないことから、親友がそんな行動は取らないであろうことも想定していた。

それでも、一抹《いちまつ》の心配があったので、探偵部に依頼したのだ。僕らが動いている間は、おそらく久本さんが事件を警察に届けることはないだろうし、これだけ親身になっている姿勢を見せることで、自分を容疑の圏外に置くこともできる。

緊張しながら推理を披露し終えると、先輩は薄く微笑んで言った。

「――それじゃあ、何が起こるか見てみましょう」

§

「じゃあ、唯の誕生会を始めまーす。唯、おめでとう！」

山田さんの掛け声を合図に、軽快にクラッカーが鳴らされた。

「みんな、ありがとう」

久本さんは照れた様子で、ホールケーキに立てられた十八本のろうそくを吹き消す。

犯人の指定した久本さんの誕生日。授業を終えた僕と京子は、山田さんと峰岸さんに交じって、その会に参加していた。

家は古びた団地の一角にあり、この人数が入ると手狭だが、今日は犯人が久本さんに永遠の別れを予告した日だ。探偵部としても事件に関わった以上、ここで知らぬふりはできないこと、それに何かあった時のために人手は多いほうがいいことを久本さんに説明し、参加の了解を得たのだ。

「十八歳だと選挙権もあるし、大人って感じですね」

「なんだかまだ実感ないけどね」

京子の言葉に、久本さんは炭酸ジュースの入ったグラスを両手で持ちながら答えた。

「受験も近いのに、娘のために本当にみんなありがとう」

テーブルに座る久本さんのお母さんは涙ぐんでいる。

仕事は看護師をしているらしい。仲の良い母娘《おやこ》のようで、二人で撮った写真が部屋のあちこちに飾られていた。

「この娘《こ》、ちょっと変わっているから心配してたの。お友達できるかしらって。それがこんなに……」

「もう、お母さん、こんなことで泣かないでよ。本当に涙もろいんだから」

母娘の微笑ましいやり取りが行われている中、隣の京子は警戒感丸出しの視線を山田さんに送っていた。あまりに露骨なので、テーブルの下で幼馴染の袖を引っ張ると、京子は僕を軽く睨《にら》んで唇を突き出した。

今回の推理は京子とも共有している。自身の言葉がヒントになったことで、京子のやる気はいつも以上に膨れ上がっており、暴走を食い止めるのも雑用係の仕事になる。

京子の様子と、部屋の隅《すみ》に置いた先輩の頭蓋骨が入った体操着入れを時折気にかけながら、僕は山田さんの行動をそれとなく観察した。

しかし、何事も起こらないまま時は過ぎていく。

やがて、峰岸さんがペットボトルを持ち上げて腰を浮かした。

「もう中身がねえな。買い出し行くか」

「あたしも行くよ。お菓子も欲しいし」

山田さんが手を挙げて応じる。

「あ、じゃあ、私も」

同じく立ち上がろうとする久本さんの肩を、山田さんが押さえた。

「いいよ、唯は主役なんだから。外は寒いし、ここで待ってて」

「でも」

「大丈夫だって。任せといて」

笑顔の山田さんは、しかし、有無を言わさない調子で久本さんを座らせる。

今日は犯人が永遠の別れを予告した日。それを知っている山田さんが、親友を外に出さないように気遣っている。

表向きはそう見えるが、山田さんが犯人だとしたら、何かを企んでいるかもしれない。

「あ、じゃあ、私も行きます！」

京子がすかさず腰を浮かした。山田さんの監視役を買って出たのだろう。

時刻は既《すで》に夜の二十時をまわっている。今のところ危険が迫っている気配はないが、動くとしたらそろそろのはずだ。京子に任せるのは少し心配だが、僕まで続くと、部屋に残るのが久本母娘だけになるので、一緒に行くわけにはいかない。

山田さんと峰岸さん。そして、京子の三人が家を出ると、途端に室内が静まり返った。

壁掛け時計の針が、時を刻む音がやけに大きく響く。

「雄一くん。何を黙っているの。ここにいる招待客はあなただけなのだから、世間話でもして主役を楽しませなさい」

黙々とケーキを食べていたら、体操着入れの中から高度な要求が飛んできた。

事務的な会話なら問題ないが、僕に場を盛り上げる役回りは向いていない。それは京子の役目のはずだ。

逡巡《しゅんじゅん》していたら、先輩が「仕方がないわね」と助け船を出してくれる。

「それにしても……お二人で色んなところに行かれたんですね」

僕は部屋のあちこちに飾られた写真を眺めながら言った。

先輩の指示で発した言葉だったが、確かに写真の背景は多岐にわたっている。これなら話題にしやすい。さすが先輩だ。

「別に旅行とかそんないいものじゃないのよ。引っ越しが多くて、そのたびに写真を撮っていたから自然と枚数が増えちゃって」

「ちなみに写真にお父さんが写っていないのは撮影者だからですか？」

顔の前で手を振る久本さんのお母さんに、僕は次の問いをぶつけた。

「それは……」

「うち、お父さんがいないの。私が小学校の頃に離婚してるから。だから、写真はタイマーで撮ったのがほとんどかな。最近は自撮り棒使ってるけど」

一瞬言い淀《よど》んだお母さんの代わりに、久本さんが答えた。

娘の友人の前で、夫と離婚していることをあまりおおっぴらにしたくなかったのか、お母さんは少し気まずそうだが、久本さんのほうは屈託のない様子で残ったケーキを頬張っている。

あんな手紙をもらっておきながら、そこまで動揺が見られないのは、母に心配をかけまいと敢えて気丈に振る舞っているのか、それとも単に危機に対して鈍感なだけなのか。

「ねえ、お母さん。お父さんの写真ってどこかにあるんだっけ？」

「もう……ないわね。引っ越しのどさくさでどっかいっちゃったわよ」

「そっか……。私あんまり覚えてないんだよね、お父さんのこと。そんなに帰ってこなかったし。記憶にあるのは小さい時に肩車をよくしてくれてたことくらいかな」

久本さんは少し残念そうに言って、フォークの先をじっと見つめた。そんな娘を、母親はなんとも言えない顔つきで眺めている。

久本さんが母子家庭というのは薄々感じていた。

お母さんに心配をかけたくない、という言葉を時々聞いていたが、そこに父親が出てきていなかったし、写真に一切父親が写っていないというのも変だ。だから、写真の撮影者が父親かと尋ねるのは、やや不躾《ぶしつけ》だったかもしれないが、先輩に聞けと言われたので僕に他の選択肢はなかった。

おかげで会話は続いたが、久本さんのお母さんと若干気まずい感じになってしまった。

凛々花先輩はたまにこういう空気の読めない発言をする。いや、正確に言うと、彼女は空気を読めないのではなく、読まないのだ。

「ただいまー、買い出し行ってきたよー」

その時、玄関のチャイムが鳴って、山田さんと峰岸さんがコンビニ袋を手に帰ってきた。

「雄一、ちょっと」

最後にやってきた京子が、僕の腕を引っ張り、玄関先へと連れて行く。

小動物のような顔を近づけてきて、小声で言った。

「私がいない間、事件は起きてないでしょうね？」

「こっちは大丈夫だったよ」

慣れない世間話で場を持たせ、結果的に微妙な空気が流れたことくらいだ。

「そっちはどうだった？」

僕は反対に尋ねる。犯人と目される山田さんを監視するために、京子は彼女らに同行したのだ。なにか怪しい動きはあったのだろうか。

すると、幼馴染は急に自信のなさそうな表情になった。

「どうしよう……。私よくわからなくなってきちゃった」

「ん、なにが？」

「私さ、コンビニの帰りに、山田先輩に聞いたの。峰岸先輩のこと本当は好きなんですよねって」

「ええっ」

思わず大きな声が出そうになって、口を押さえる。

そんなストレートな尋ね方があるだろうか。

「だって、峰岸先輩はちょっと先を歩いてたし。何か事件を起こす前に、白状してもらったほうがいいと思って……」

考えなしにも程があるが、やってしまったことは仕方がない。

「それで、山田さんは？」

「ああ、好きだよ——って」

「……」

驚いた。そんなにあっさりと認めたのか。

「野球部とソフト部って交流があるから、元々よく話す間柄ではあったんだけどさ。夏の大会前にグラウンドで転んで足をひねった時があって、たまたまそれを見ていた裕也が、突然あたしをおぶって走り出したんだよ。でも、暑いし、遠いし、しかもあいつ意外と方向音痴《おんち》で、途中何度も道に迷うし。やっと病院についたら、とっくに顧問が車でついてるしさ。最初からエアコンの効いた車で連れて行ってもらえば楽だったのに、わざわざ汗だくになって、本当に馬鹿だろ」

山田さんはそんな風に話を始めたらしい。

「でも、裕也は道中ずっとあたしを励ましてくれてさ。ソフト部の夏の大会にはお前が必要なんだ。大した怪我じゃないから大丈夫だって。励まされすぎて、逆にとんでもない大怪我をしちゃった気になったくらいだ。ま、実際は軽い捻挫《ねんざ》で、一週間で練習復帰できたんだけど。本当、人騒がせな男なんだよ、あいつは」

そして、苦笑しながら、前を歩く峰岸さんの背中に、熱のこもった視線を向けたのだそうだ。

「それならやっぱり」

「だけど、久本先輩のことも大好きだって言うの」

「……」

京子は再び、山田さんの言葉の続きを説明する。

「唯と初めて同じクラスになったのは二年の時だけど、最初はあんまし好きじゃなかったんだよ。ほら、あたしってでかいだろ。だから、小さくて、可愛くて、ふわふわして、みんなに大切にされるような、あたしが持ってないものばかり持っている唯に、勝手に嫉妬《しっと》してたんだ」

ところが、クラス対抗の球技大会の前に、久本さんが突然山田さんに声をかけてきたという。

「女子の競技はバレーボールだったんだけど、みんなの足を引っ張るのが嫌だから、教えてくれって言うんだよ。あたしが中学の時にバレー部だったのを誰かに聞いたみたいで。

当然断ったんだけど、唯のやつ全然引かないんだ。仕方なく教えてやったら、これがまじでひどい運動音痴でさ。当時は唯のこと好きじゃなかったし、わざと厳しく接したりもしたんだけど、泣きながらもくらいついてくるんだ。こんな根性のある女だと思ってなかったからびっくりしちゃって。結果は準優勝だったんだけど、唯のやつ涙目であたしのところにやってきてさ。てっきり嬉《うれ》し涙だと思ったら、来年こそは優勝しようって。私も嬉しいのか悲しいのか訳わかんなくなって、なぜか二人して泣いちゃって」

ひとしきり思い出し笑いをして、山田さんは言った。

「後でわかったんだけど、唯は自立したいっていう気持ちがすごく強いんだよ。ずっと周りの誰かに守られてきた感覚があるみたいで。奨学金をもらって東京の大学に行くのを決めたのも、もう大丈夫だって示したいからだと思う。球技大会を頑張ろうとしたのも、一年の時になにもできなくて、みんなにフォローしてもらったのが嫌だったみたいでさ」

山田さんはふっと息を吐いてこう続けたという。

「裕也も唯も鈍感だから、あたしが裕也を好きだったのには気づいてないけどね。ただ、裕也と唯がお互いを選んだのは、嬉しくもあったんだ。だって、あたしの大好きな二人が、お互いの良さに気づいたってことだろ。だから、二人には幸せになって欲しいって思ってるし、それを邪魔しようとしている今回の犯人は絶対に許せない」

最後にこぼした言葉は、心からの想いに聞こえた――と京子は言う。

「……」

わからない。

山田さんは、僕らに怪しまれていることに気づいて、先手を打ってきたのだろうか。

それとも――

「……とりあえず、ここで長話をしているのも変だし、皆のところに戻ろう」

京子を促して、僕らは居間へと戻った。

結局、その後も山田さんは怪しい動きを見せることはなく、誕生会は二十二時頃にお開きになった。

その後、山田さんと京子は久本さんの部屋へ。久本さんのお母さんは居間で。峰岸さんは台所。そして、僕は風呂場の脱衣所で毛布にくるまって寝ることになった。

あと二時間ほどで、犯人の予告していた一日が終わる。

「先輩。結局、山田さんは怪しい行動を取りませんでしたね」

横になった僕は、脱衣所に持ち込んだ体操着入れに小声で話しかけた。

「ええ、そうでしょうね」

「動くとしたら、久本さんが寝た後でしょうか？　一応、京子が一緒に部屋についていって、動向を監視する予定で……」

　そこまで言って妙なことに気がついた。

「今、そうでしょうね、と言いました？」

「言ったけれど」

「なぜですか？　先輩は山田さんが動かないことを知っていたんですか？」

「ええ。だって、彼女は犯人ではないから」

「ええっ」

　またもや声を上げそうになって、すかさず口を押さえる。

「……そうなんですか？」

「犯人が宣言したお別れの日というのは今日よね？　山田さんが犯人なら、久本さんを守るための誕生会をやろうなんて、皆の前では言い出さないでしょう。彼氏の峰岸さんも絶対乗ってくるし、探偵部のわたしたちもついてくる可能性がある。邪魔が増えるだけだわ。それに受験に失敗させたいだけなら、お別れの日を受験当日に設定したほうがぎりぎりまでプレッシャーをかけられる。受験前にこんな会を企画して、勉強が数日遅れたことで、自分や峰岸さんまで受験に失敗したら本末転倒でしょう。もし彼女が犯人だとしたら、やっていることの整合性が取れないわ」

「……な、なるほど」

言われてみればそうかもしれない。だとしたら、さっきの京子が言っていた山田さんの言葉は真の願いだったということになる。

「それなら、どうして早く否定してくれなかったんですか」

「言ったでしょう。これは新生探偵部が受けた案件なのだから、あなたが榎並さんをサポートして解決に導くべきだと」

「確かにそうかもしれませんが……」

「ふふ、的外れな推理を得意げに披露するあなたの姿は傑作だったわ」

さらりとひどいことを言う。

「じゃあ、結局あの手紙はなんだったんですか？」

「勿論、手紙がある以上、それを書いた人物は存在する」

「つまり、犯人は別にいるということですか？」

先輩は「そういうことね」と肯定する。

と言われても、それらしき人物に心当たりがない。姿の見えない犯人像に、足音だけがひたひたと近づいてくるような不気味さを覚える。

「あの手紙は本気なんですか？」

「少なくとも冗談で書いたつもりはないと思うわ」

僕は無言で腕時計に目をやった。

今日が終わるまでに、本当に真犯人は行動を起こすのだろうか。

久本さんは既に自室で休んでいる。家に侵入でもしない限り、彼女に直接危害を加えることはできない。もしも何者かが突然襲撃にやってきた場合、この体操着入れをどう守るべきかと、僕は考えを巡らせた。

「さあ、もう時間がないわ。一連の経過を踏まえて、最後の推理を教えて」

「えっ、まだやるんですか」

この期に及んで無茶を要求するあたり、先輩らしいとも言える。しかし、同時に以前感じたかすかな不安が再び首をもたげてきた。やはり、凜々花先輩は何かを焦っているのではないだろうか。

いずれにせよ、答えを口にしなければならないが、最も怪しかった山田さんが嫌疑から外れた今、正直完全にお手上げ状態である。

「ええと、じゃあ……やっぱり過去久本さんに好意を持っていた学校の男たちの中に、犯人がいたんでしょうか」

「絶対にないとは言えないけど、可能性は低いでしょうね。手紙の文面を思い出して。俺のために身体を大事に。君は俺のもの。久本さんへの強い執着を感じさせるけれど、そこまでの人物がいたかしら」

確かに、犯人がそこまでの執着を持っていたら、誰かに想いを吐露していたり、怪しい行動を目撃されていてもおかしくないが、京子の情報網にも何も引っかかっていない。強いて言えば、山田さんが最初に候補に挙げた白石が怪しいのかもしれないが――

僕が答えられないでいると、先輩が小さく嘆息した。

「仕方がないからヒントをあげるわ。事件は加害者だけでは成立しない。被害者がいるから初めて事件になる」

「……被害者？　久本さんのことですか」

「ええ。この事件は、被害者の特異な状況に起因して生じたものだと思われる。これが最大のヒントよ」

「特異な……状況？」

「彼女の経歴で気になる点はない？」

「ええと、親が離婚していることですか」

「他には？」

僕は居間での久本母娘とのやり取りを必死に思い出す。

あちこちに飾られた写真が脳裏に浮かび、やがてもう一つの情報に思い至った。

「……引っ越しが多かった」

久本さんの母親が確かそんなことを言っていた。

「そうね。なぜそんなに引っ越しが多かったのかしら」

「……」

なぜ？

普通、引っ越し理由として最も多いのは親の転勤だ。だが、久本さんのお母さんは看護師。ある程度働き先は選べるはずだし、あれだけ娘を愛していそうな母親が、子供の負担になる引っ越しをそれだけ繰り返す意味はあるだろうか。

それ以外に、頻繁《ひんぱん》に棲《す》み処《か》を移す理由があるとしたら――

「まさか……逃げている？」

僕は唐突に思いついて言った。

誰から？

決まっている。彼女に強い執着を持っているであろう人物。

僕はゆっくり身を起こし、体操着入れのジッパーを開いた。

「まさか……犯人は、父親ですか？」

中にスマホの明かりを向けて言うと、頭蓋骨にうっすら浮かんだ先輩の口角が、にぃと上がった気がした。

§

いよいよ、最後の夜が来た。

呼吸も、脈も、すっかり落ち着いている。

予感通り、今日があの娘との別れの日であることが、痛いほどにわかる。

暗闇の中、静かに起き上がって、机の引き出しを開けた。

奥に隠していた手紙を取り出し、息を殺して部屋を出る。足裏が冷たい。玄関脇にかけられたコートを手にして、靴を履《は》いた。

凍える夜風が身を刺す中、敢えてゆっくりとした足取りで進む。

ただ、風邪を引くわけにはいかない。そう思い直して、少し歩みを速くした。

すぐに団地の入り口に辿《たど》り着いた。明滅する蛍光灯の下に、住人たちのポストが無機質に並んでいる。その中の一つ、久本という名前が貼られたポストを探し当てる。

コートのポケットから、おそらく最後となる手紙を取り出した。

端をポストに差し入れ、ゆっくりと指を離す。

ことり、と手紙が中へと落ちる音がした。

次の瞬間――

「――!」

突然、眩《まばゆ》い光が当たりを照らした。

光線のような明かりを浴びせられ、思わず顔の前に手をかざす。

目を細めながら、おもむろに指を開くと、そこには見知った顔が並んでいた。

日焼けしたショートカットの女。山田明美。唯の親友。

上背のある短髪の男。峰岸裕也。唯の彼氏。

髪をサイドテールにまとめた少女は、探偵部部長と言っていた。

そして、中央に立つのは、光源となるスマホを手にした少年。

小柄で、中性的な顔立ちをした彼は、もう一人の探偵部部員だ。腰が低く、人当たりもいいが、瞳の奥に得体の知れない暗い闇が垣間見える時がある。おそらく、多くの人間はその闇に気づいていないだろうが。

もう一方の手になぜか体操着入れを持ったその少年が、ようやく口を開いた。

「……そういうことだったんですね」

§

「なんで……」

最初にそうつぶやいたのは、僕の隣に立つ山田さんだ。

「どういうことだよ、こりゃ……」

峰岸さんも声を震わせていた。

「え、なんなの、雄一？」

京子も混乱しているようだ。

それはそうだろう。

なにせ、僕が向けたスマホのライトの前で、眩《まぶ》しそうに顔に手をかざしているのは、薄茶色の髪を寒風にたなびかせた、色白の若い女性だったのだから。

つまり、それは久本唯さん、その人だったのだ。

「唯。これは一体っ」

「待ってください」

僕は、駆け出そうとした山田さんを制して、こう続けた。

「その人は久本唯さんではありません」

「は？　何言ってんだ？　どう見ても――」

峰岸さんが荒らげた声に、僕は被せるように言った。

「正確には久本唯さんであって、久本唯さんじゃないんです」

「ますますわからないんだけど、雄一」

京子が眉根を寄せてこちらを見る。

先輩の指示で、寝ている久本さんに気づかれないように母親以外の全員を起こして外に待機していたのだが、正直なところ、僕もいまだに戸惑っている。とにかく体操着入れの中にいる先輩の声に注意深く耳を傾けながら、続きを口にした。

「今回の犯人像を思い返してください。犯人は、久本さんの住所も含め、日頃の行動を詳しく知ることができる者。あんな手紙を送るほど久本さんに執着している者。ヒントはその文面にありました」

――いつも君を見ている。俺たちは運命の糸で結ばれているのだから。

――気を付けないと風邪を引いてしまう。唯が病気になると俺もつらい。

――俺のためにも身体を大事にしないと。

「一見すると、久本さんを想うあまり、彼女を自分のものと勘違いした危ない人物を想定してしまいます。しかし、犯人が久本さんと同一人物であったならば、この文面には全て合理的な説明がつく」

「雄一、さっきからなにを――」

「解離性同一性障害。わかりやすく言うと、多重人格障害。今回の犯人は、今そこにいる久本唯さんのもう一つの人格だったんだよ、京子」

「……」

凍える夜に、静寂が下りる。

いつも君を見ているのは、同じ体にいるから。

二人は一心同体なのだから、運命の糸で結ばれていると言えるだろう。

風邪を引けば、当然もう一方の人格も身体的につらい。

俺のためにも身体を大事にしろというのも、そのままの意味だ。

「多重人格には、様々なパターンが報告されているの。主人格と性別が異なる場合や、他の人格の存在やその行動を認識している人格もいる。今回は男の人格で、久本さんからは認識していないけれど、彼のほうは久本さんを認識しているという状況と思われる。それに人格が変われば、筆跡も変わるという報告もある」

体操着入れから漏れ聞こえた先輩の補足を、僕は皆に伝えた。

「で、でもなんで……」

いまだ動揺している山田さんに、おそらくですが、と僕は前置きをして言った。

「唯さんの家庭には、お父さんがいません。そして、頻繁に引っ越しを繰り返していました。引っ越しの理由が転勤とは考えにくい。だとすると何者かから逃げていたのではないか、と僕は思いました」

状況から考えると、その人物は父親である可能性が高い。

「元々は大人しかった男でも、酒を飲むと人格が豹変《ひょうへん》して、大暴れするということがあります。唯さんの幼い頃の家庭もおそらくそういう状況だったのではないでしょうか。子供の身で、つらい状況を回避するために、彼女は自身の中に、もう一つの人格を作った。父親が暴れた夜。その記憶は全て彼が代わりに引き受けることにした」

理科室で京子と話した時、久本さんは自らのことを忘れっぽいと話していた。

それに、さっき父親のことをあまり覚えていないとも言っていた。小学校の頃に離婚したはずなのに、改めて考えてみれば妙な話だ。肩車をよくしてくれた時の記憶――つまり良かった時のことだけを覚えている。母親が久本さんのことを変わった子供だったと言ったのも、当時の彼女に何か異変を感じ取っていたのかもしれない。

「ははは」

一気に話し切ると、目の前の久本さんから乾いた笑い声が返ってきた。

「……すげーな、お前。母親だって、俺の存在にはっきり気づいていないってのに」

可愛らしい容姿から想像できない口調に、一同に動揺が走る。

僕たちの様子をじっと眺めた後、久本さんは自宅のある階上を振り仰いだ。

「……ああ、ほとんど合ってるよ。親父は事業に失敗してから、おかしくなったんだ。たまに酔って帰ってきたら、母親を殴って金を取ってまた消える。本当にろくでもない男だった。だから、俺が現れたんだよ。部屋の端で震えていた唯に代わって、つらい体験は全部俺が引き受けることにしたんだ」

仕草。声色。普段の久本さんとは完全に別人のようだ。

山田さんも、峰岸さんも、言葉を発せないまま、目の前の光景に見入っている。

「やっと離婚が成立して、何度引っ越ししても、なぜかあいつは居場所を突き止めてやってきていた。だけど、いつからか親父はぱったり現れなくなった。それでも一人で眠る夜中に、あの頃の記憶が夢として現れる。そういう時に、俺は表に出てくる。俺はずっとそうやって唯を守ってきたんだ」

久本さんは、現在の彼氏である峰岸さんに鋭い視線を向けた。

「守っていたなら、なんで久本さんを怖がらせるような手紙を送ったのよ」

ようやく状況を飲み込みつつある京子の問いに、僕は先輩の言葉を借りて答える。

「京子、一つ前の手紙を覚えてる？」

「君が生まれた日に、お別れだ。永遠に——って、結局、どういうことだったの？」

「これも、文字通りの意味だよ」

僕は幼馴染に淡々と答える。

「手紙を見た時、僕たちは犯人が久本さんに何かをしようとしていると思った。でも、実際はその逆。いなくなるのは犯人のほうだ。そういう意味でのお別れなんだ」

「えっ」

京子の視線を受けた久本さんは、少し黙った後、寂しそうに笑った。

「……ここのところ、親父が暴れていた時の夢を見ることが少なくなっていた。たまに夢を見ても、唯の体はもう前のように動悸《どうき》がしたり、息苦しくなったりしなくなってきたんだ。それはきっと——」

久本さんはそこで一度言葉を切った後、再び口を開いた。

「唯が前に進み始めているから。もう過去に囚《とら》われる必要がないくらい、あいつは今を必死に生きているんだ」

ずっと誰かに守られている気がする、と久本さんは言っていたという。

それは母親や友人だけではなく、自分の中のもう一つの人格に対して無意識にそう感じていたのだろう。

だけど、人は変わっていく。

父親の横暴に怯《おび》え、別人格を生み出した彼女はもういない。

球技大会では苦手な運動を必死に頑張り、大学は母親の元を離れ、東京に行くことを決めた。

自分を守ってきた人たちに、もう大丈夫だということを示したい――

「もう……唯に俺は必要なくなってしまった。あいつが前を向いて歩き出した時から、時間の砂が落ち始めたのがわかるんだ」

それは同時に、もう一人の自分との決別を意味していた。

「十八歳……もう大人だよな。だから、どうしようもなく感じるんだ。多分今日が俺の命日なんだって。最初はこのまま黙って消えようと思った。けど――」

ずっと彼女のそばにいた者として、それではあまりにも寂しいと彼は感じた。

それで手紙に想いを書き残すことにしたのだ。

京子が不思議そうにつぶやいた。

「でも、だったらあんなまわりくどいことしなくたっていいのに。机の上にでも、もう一人の人格からって手紙を残しておけば、もっと簡単に気づいてくれたんじゃ」

「んなことできるわけねえだろ」

久本さんが悪態を返し、僕は幼馴染に補足を入れる。

「京子。久本さん自身は、自分が二重人格だと気づいていないんだ。そんなことを知ったらショックを受けるかもしれない。だから、あんな曖昧な書き方になってるんだよ」

「あ、そっか」

本当はずっと見守っていたことを知って欲しい。

だけど、真実に気づかれるわけにはいかない。

それで、彼女のことをずっと見ていた誰かから、という体裁を取って、手紙はポストに投函された。せめぎ合う彼の想いが、結果的にストーカーまがいの事件を想起させてしまった。

「……まあ、反省してるよ。別に脅かすつもりはなかったんだ。ただ、唯を心配している奴がいたんだってことを知って欲しかっただけだったんだ」

改めて手紙の文面を素直に捉《とら》えれば、全て久本さんを気遣い、暗に自分が彼女と一心同体であったことを示すものだったことがわかる。

僕は腕時計に目をやった。

針はもう、二十三時五十九分を指している。

「でも――」

そう言って、久本さんは僕たちの顔を、ゆっくりと順番に眺めた。

「もう俺が心配してやらなくても、あいつのことを考えて集まってくれる奴が、これだけいるんだよな。あいつはこんなにも愛されているんだよな。……はは っ、心配しすぎて損したぜ」

感慨深そうに、なにかを嚙《か》み締めるように、彼は言葉を紡《つむ》いだ。

スマホのライトに照らされたその滑らかな頰に、一筋の涙がこぼれる。

「……よかったな。唯――」

その一言とともに、久本さんの体がぐらりと前傾した。

「唯！」

峰岸さんと山田さんが駆け出して、その身を支える。

二人が交互に呼びかけると、やがて久本さんは眠りから覚めたように、ゆっくりと顔を上げた。

「……え、あれ、明美ちゃん、裕也くん。え？　どうして？」

自らの置かれた状況に戸惑う彼女を、山田さんがぎゅっと抱きしめる。

「なんでもない。なんでもないよ……」

涙を堪《こら》えるように、山田さんは唇を噛み締めている。

「明美ちゃん?」

彼氏の峰岸さんがその隣で、久本さんの頭にぽんと手を乗せた。

「安心しろ。後は任せとけ」

「裕也くん、あの?」

「なんでもない。……こっちの話だ」

峰岸さんは大きく肩をすくめる。

いまだ事態が呑《の》み込めない様子の久本さんに、山田さんが頬を拭《ぬぐ》って言った。

「改めて誕生日おめでとう。唯」

久本さんは目をしばたたかせて、親友と彼氏を不思議そうに眺めた後、照れた様子で微笑んだ。

「――ありがとう」

§

「そういえば、聞き忘れていたけれど、最後の手紙はなんと書かれていたの？」

数日後の夜。

自室で宿題に精を出していたら、机に置いた凜々花先輩がふと尋ねてきた。

「ああ、それは――」

手紙事件が解決した日。僕は久本さんの家には泊まらず、寒空の中を歩いて自宅に帰ることにした。元来、長い時間、他人と同じ空間にいるのが好きではないし、事件の片がついた以上、僕ら探偵部が居座る意味がないと思ったからだ。

まあ、京子はそのまま泊まって、翌日の昼食までご馳走《ちそう》になったようだったけれど。

そして、後日、山田さんと峰岸さんが探偵部の部室に来て、手紙の内容を報告してくれた。そこには、角ばった文字で、短い一文が記されていたという。

――美しい人へ。いつまでも幸せに――

僕は机に広げた宿題を見ながら、大きく溜め息をついた。

「結局、僕と京子だけで事件を解決するという先輩の宿題は、失敗に終わりましたね」

「そうね」

凜々花先輩は他人に一切の忖度《そんたく》をしないので、はっきりと落第を告げられる。

「先輩は、最初から全てわかっていたんですか？」

「さすがに全てとはいかないけれど、可能性の一つとしてね」

「どうしてわかったんですか」

「久本さんに危機感が薄かったからよ。あんな手紙をもらったというのに、あの娘はどこか落ち着いていたでしょう。普通はもっと怯えるはず。それが不自然だった」

確かに山田さんが警察に行こうと言っても乗り気ではなかったし、その理由について久本さんはなにかを言いかけてやめたことがあった。

「おそらく、この手紙には悪意を感じないといったことを言おうとしたんじゃないかしら。久本さんは無意識に、自分を大事に思っている者の存在を感じ取っていた。でも、明確な根拠があるわけでもないし、親友が必死に心配してくれている前では言えなかった。あとは彼女の生い立ちを聞いて、確信を強めたというところかしら」

「なるほど……」

さすが先輩だと感心しつつ、僕はそこでふと思い出した。

「というか、先輩ひどいですよ」

「なにかしら。心当たりは色々あるけれど」

「あるんですか。いや、事件の推理の件です」

犯人と対峙《たいじ》する直前。僕は久本さんの父親が真犯人ではないかと推理し、先輩はそれを聞いてにやりと笑った。さも正解だと言わんばかりに。ところが実際に現れたのは久本さんの別人格で、僕は内心の動揺を隠しながら、先輩の推理を皆に披露する羽目になったのだ。僕の不平に、凜々花先輩は平然と言い返してくる。

「雄一くん。もし話の通りの父親なら、家の場所まで知っているのに、わざわざ手紙を送るなんて面倒なことはしないでしょう。それに彼女の家のポストには名前が貼ってあった。父親から逃げているなら、絶対に名前なんて出さないはず。だから、もう逃げなくていい理由ができたのよ。父親が死んだのか、再婚したのか、おそらく事情は母親しか知らないだろうけど。いずれにせよ、あそこで父親が現れる可能性は極めて低い」

「じゃあ、なんでさも当たっているかのように微笑んだんですか」

「あなたの愚《ぐ》にもつかない推理が面白かったからに決まっているじゃない」

僕は小さく肩をすくめた。

先輩は生きていた時から、こうやって時々僕のことをからかうのだ。

それは死んでも変わらない。

「……」

計算問題を幾つか解いた後、僕はシャーペンを動かす手を止めた。

「ねえ、先輩」

「なにかしら」

「……先輩は、いなくなったりしないですよね」

語尾がわずかに震えているのを感じる。

先輩は死んでも変わらない。だけど今回、事件解決を僕たちに任せたことや、どこか焦っている印象を受けたのは、彼女の生前には見られなかったことだ。

前に後輩の成長を見るのは喜びだと言っていたのは、いつもの気まぐれや方便ではなく、もしかしたら本心だったのではないか。

そう遠くない先に、自身が消えることを見越して。

久本さんの別人格が、彼女の成長を見届けて逝《い》ってしまったように。

「ねえ、先輩」

焦燥にかられながら、再度問いかけると、反対に質問を返された。

「雄一くん。あなたはわたしがいなくなったら困るのかしら？」

「こっ、困りますよ」

「どうして？」

「どうしてって、それは……」

答えは一つだろう。

ただ、敢えて理由を考えるならば、幼い頃から、死者と会話のできる僕は、ずっと生と死の狭間に立っているような感覚があった。おそらく何事にも興味が薄いのはそのせいだと思っている。僕にとって生と死は一本に繋《つな》がった糸のようなもので、だから、死というものがよくわからなかった。

最初は、凜々花先輩の周囲に漂う死の香りに惹《ひ》かれたのだと思う。死を呼び寄せる彼女といれば、僕の死に対する根源的な疑問が解決するのではないかと。

だけど、しばらく一緒に過ごして、時に横暴で、どこまでも純粋で、子供のような好奇心に溢《あふ》れた先輩の姿が、生きながら死んでいた僕には、痛いほどに眩しくて――

陸にあがった魚のように、僕は喘《あえ》ぎながら口を開いた。

「先輩は……いなくなってしまうんですか」

頭蓋骨に浮かんだ彼女の魂は、しばらく沈黙した後、優しげに微笑んだ。

「大丈夫……わたしは変わらないわ。まだ好奇心を失ったわけでもないし」

「そ、そうですよね」

肩の力が一気に抜けて、僕は安堵《あんど》の息を吐く。

生前の輝かしい美貌《びぼう》を宿したまま、先輩は僕を見上げた。

「ねえ、雄一くん、あなたは――……」

「なんですか？」

「……いえ、なんでもないわ」

先輩はそれきり口を閉ざしてしまった。

静寂の下りた部屋で、ヒーターの作動音だけがやけに耳に響く。

こうなるとどうしようもないので、僕は諦めて宿題を再開することにした。

しかし、集中が続かず、問題文が頭の中を素通りしていく。

守られていただけの久本さんが、別人格の庇護のもとから卒業したように、時とともに変わってしまう関係もある。

だけど、僕らの関係性は変わらない。

先輩が生きていた時は勿論、死んだ後ですら変わらないのだから。

これまでも、そして、これからもきっと——

祈りにも似た想いを抱きながら、僕はシャープペンシルを強く握りしめた。

［第四話］

祝福の日

雲間に煌《きら》めく空の青。

グラウンドの土の赤。

まばらに茂る草の緑。

教室の窓を覆《おお》っていた灰色の景色が、ほのかに彩り始めた三月。

僕の所属するクラスは、女子たちの浮ついた喧噪《けんそう》に満ちていた。

「はじめまして。織坂竜人《おりさかたつひと》と言います」

教壇に立つ、見慣れぬ若い男が、はきはきした口調で挨拶《あいさつ》をする。

「今日から二週間、教育実習生としてこの学校でお世話になることになりました。よろしくお願いします」

僕には無縁の爽《さわ》やかさを全身から放つその男は、一言で言えば容姿端麗《ようしたんれい》。

小顔で長身。しみ一つない色白の肌に、すっきり通った鼻筋。優しげな瞳で屈託なく笑う様は、子供のように無邪気に見える。教師なんかではなく、モデルか俳優にでもなったほうがよさそうだ。

当然、女子たちが黙っていられるはずもなく、早速彼女はいるんですかーと質問が飛ぶ。

「残念ながら、絶賛募集中です」

イケメンのフリー宣言に、女子たちから黄色い悲鳴があがる。

「織坂先生。そういう質問には答えなくていいですから」

「あっ、すいません」

担任の熟年女教師にたしなめられて、首を引っ込める織坂先生の様子に、さらに女子たちからは「可愛《かわい》ー」との声援が飛んでいた。

「……」

女子高生に翻弄《ほんろう》されている教育実習生から、僕は視線を何気なく窓側に移した。

――ん？

僕の席からは、L字に曲がった校舎の屋上が一部覗《のぞ》けるのだが、そこに一瞬人影が見えた気がした。しかし、その人物は奥に移動したようで、赤い頭髪だけが視界の端を通り過ぎ、すぐに観察できなくなってしまう。

「それじゃあ、朝のホームルームは終わりです。織坂先生は職員室に来てください」

「はいっ」

若い教育実習生の気持ちの良い返事で、僕は顔を前に戻した。

二人の教師が教室を出ていくと同時に、校内に朝のチャイムが鳴り響く。束の間の非日常が終わりを告げ、教室はいつもの雑然とした空気を取り戻していった。

§

「ねえ、雄一《ゆういち》。見た見た見た？」

放課後。探偵部の部室となっている理科室で、京子《きょうこ》が早速まくしたててくる。

「うん、教育実習生でしょ。朝、うちのクラスに来てたよ」

「えっ、本当？　いいなー。格好いいわよね。あっという間に全校女子の噂《うわさ》になっているみたい。なんだかわくわくするわ」

京子がきらきらした眼差《まなざ》しを虚空に向けて言った。

「京子もああいう人が好きなんだ」

「そりゃ、顔がいいに越したことはないわよ。でも、そんなことより、あの先生を巡って、女子の間で血で血を洗う争いが起きるかもしれないじゃない。事件の予感がするわ」

「ははは」

なんでも事件にしたがる京子に、僕は乾いた笑いを返した。

「でも、こんな時期に教育実習って珍しいね」

壁にかかったカレンダーを見ながらつぶやく。

今は三月。三年生の卒業式も間近だ。普通、教育実習というのはもう少し早い時期にやるものじゃないだろうか。

「うちの高校って、前の事件以来、教育実習生の受け入れが延期になっていたみたいよ。やっと例の建物も取り壊されたし、受け入れる準備が整ったってことじゃないの」

「あー……」

僕は頷《うなず》きながら、窓の外に目を向けた。

視線の先には、平たく整備された土地がある。そこは旧校舎と呼ばれた昔ながらの学び舎《や》があった跡地だ。この冬に取り壊されたばかりの旧校舎は、先輩の死にも関係するとある事件の舞台となった場所だった。一応の解決は得られたが、それなりに町を騒がせたので、さすがに実習生の受け入れも自粛していたのだろう。

「でも、それなら他校で実習すればよかったのに。というか、そもそもあの先生、うちの卒業生だっけ」

教育実習というのは基本的に母校でやるものだと聞いたことがある。

「違うみたいだけど、母校が統廃合でなくなったせいで、うちになったって聞いたわ」

「ふぅん」

正直、僕にとってはどうでもいい話題だが、今日は体育がないため凛々花《りりか》先輩を持参しておらず、家の押し入れで暇を持て余しているであろう彼女のために、何かネタを持って帰ろうとしたのだ。

バレンタイン事件の前後くらいから、時折先輩らしくない言動がみられることが、僕は気になっていた。単なる思い違いならいいが、なんとも言えない不安があるため、先輩がこの世への好奇心を失わないよう、僕は彼女が気になりそうな話題を意識的に探すようにしていた。

しかし、残念ながら先輩の興味を引くほどのネタにはならなさそうだ。今日は依頼人の予定もないし、買い物に行く必要もある。早く先輩にも会いたいし、部活を早々に切り上げることを京子に提案しようとした時——

「はい、こんにちは」

がらがらと出入り口のドアが引かれ、初老の男が中に入ってきた。

「あ、柳《やなぎ》先生。こんにちは」

「ああ、うん」

京子が立ち上がって挨拶を返すと、男は片手を軽く上げて応じる。

白髪で痩身《そうしん》、深く皺《しわ》の刻まれた額と、軽く曲がった腰。枯れ枝のように覇気《はき》の感じられないこの人物は、名目だけの探偵部顧問である柳先生だ。校長先生よりも長くこの学校にいるらしいが、いまいち存在感が薄いところに親近感が持てる教師である。

部活を作るには顧問がいるのだが、先輩が探偵部を立ち上げた時、部外者に余計な口出しをされないよう、最も人畜無害な教師として、定年を間近に控えた彼を顧問に選定したのだった。実際、理科教師の彼は、理科室の鍵を僕らに貸し出しただけで、これまでほとんど部活動に関わることはなかった。今日は一体どうしたのだろうか。

「探偵部の活動はどうですか」

「あの、とっても順調です。凜々花先輩はまだ戻ってきてないんですけど、ちゃんと依頼も来ていますし。毎回しっかり解決しています」

京子が少し早口で、部の活動実績を説明する。

うちの高校では、部が成立するには最低三人が必要とされている。凜々花先輩が公《おおやけ》には行方不明となっている今、実質的に二人しかいない探偵部のとり潰《つぶ》しを勧告しに来たのかもしれないと京子は考えたのだろう。

しかし、顧問は一度ゆっくり頷いて、後ろを振り返った。

「それは結構なことですね。ええと、彼らが探偵部の生徒たちですよ」

「こんにちは。ちょっといいかな」

続いて快活な声とともに、やたらとスタイルのいい男が、颯爽《さっそう》と理科室に入ってきた。

「え、なんで?」

京子の声が、驚きで一オクターブ高くなる。

現れたのは、件《くだん》の教育実習生だった。アイドルのような爽やかな笑顔で、僕と京子に握手を求めてくる。

「初めまして、教育実習生の織坂です。実習の一環で部活動を見て回ることにしたんだけど、探偵部に興味を引かれて、柳先生に連れて来てもらったんだ」

握られた手をしげしげと見つめた京子は、ふと気づいたように顔を上げた。

「あ、でも、先生。雄一とは初対面ではないはずですよ。朝クラスで挨拶したって聞きましたし」

織坂先生は恐縮した様子で僕を眺める。

「ええっ、ご、ごめん。もしかして君、一年二組の生徒？」

「はい、一応」

答えると、織坂先生は自身の頭を叩いて、僕に平身低頭謝ってきた。

「うわー、まじかー。生徒の顔忘れるとか最悪だ。本当ごめんっ。いや、でもどっかで見たことある気はしてたんだよ。だけど、自信が持てなかったっていうか」

「別に気にしないでください」

影の薄い人間であることは自覚しているので、少しも腹は立たない。

京子が「イケメンなのに、気取ってなくて好印象ね」と僕に耳打ちをしてきた。

柳先生が、こほんと咳払《せき》いをする。

「なんでも織坂くんは、探偵部があるからこの学校を選んだのだそうですよ」

「え、そうなんですか」

驚く京子に、織坂先生は照れた様子で言う。

「うん、僕の母校は田舎にあったんだけど、統廃合でなくなっちゃったから、他の学校へ教育実習に行くことになったんだ。で、色々調べていたら、たまたまここの探偵部のホームページを目にして」

ぽりぽりと頭を掻《か》きながら、教育実習生は続きを口にした。

「実はさ、大学でミステリ研に入っているくらい、僕はミステリが大好きなんだ。だから、それに関係した部活がないかなって思ってね。ミステリ研究会がある高校は色々あったけど、なんとここには部員が探偵になって事件を解決する部活があるというじゃないか。そんなの初めて聞いたから、興奮しちゃって」

織坂先生は本当に興奮しているようで、前のめりに話し出す。

「いやぁ、ホームページのトップにあった言葉にしびれたね。——請け負った依頼は必ず解決します」

「それは凜々……前の探偵部部長の口癖でしたから。実際に私たちはどんな依頼も解決してきました」

京子が胸を張ると、織坂先生は興味深そうに、形の良い顎《あご》を人差し指で撫《な》でた。

「へぇ、それはすごい。先代部長は大した人だったんだね」

「そうです。本当に本当にすごい人なんです」

京子の言葉に頷いた織坂先生は、無邪気な笑顔で椅子《いす》に座った。

「というわけで、よかったら見学したいんだけど、いいかな？」

「それは構わないんですけど、今日は依頼がないので……」

幼馴染《おさななじみ》が申し訳なさそうに言うと、実習生はぽかんと口を開いた後、がっくりと肩を落とした。

「そ、そうか……そりゃそうだよね。確かにそんな都合よく事件が起こるわけないいか」

よほど楽しみにしていたようで、捨てられた子犬のような悲しげな表情になっている。

僕と京子がどうしようかと顔を見合わせていると、彼は突然、あっと声を上げた。

「そうだっ。そういえばこれ」

突然ポケットに手を入れ、ハンカチを取り出す。おもむろにそれを開くと、中から短くなった煙草《たばこ》の吸い殻が出てきた。

「織坂くん。これは……？」

「柳先生、すいません。あとで先生方に報告しようと思って、うっかり忘れていました。朝のホームルームの後、校内をまわった時に見つけたものです」

申し訳なさそうに答えながら、織坂先生は僕たちに目を向けた。

「この校舎裏で見つけたんだけど、ちょっと不思議なんだ。僕が拾った時は、まだ煙があがっていたのに、なぜか周囲には誰もいなかった」

「そんなの、吸っていた人が、たまたま先生が見つける直前に煙草を捨てて、立ち去っただけじゃないんですか？」

京子が言うと、織坂先生は首を横に振った。

「それが校舎裏は日陰《ひかげ》になっていて、一昨日の雨の影響がまだ残っていたんだ。つまり、足下の土が広範囲にぬかるんでいた。だけど、今しがた吸ったばかりだと思われる煙草の周りには足跡が一切残っていなかった。人の痕跡《こんせき》がないのに、まだ新しい吸い殻だけが落ちていた。これは大いなる謎だと思わないかい」

生き生きした表情で言った後、イケメン実習生は初老の教師を振り返った。

「柳先生。これって校内で喫煙があったということですよね。教員があんなところで喫煙するメリットはない。きっと生徒の誰かです。彼らにこの謎を解いてもらえば犯人が特定できるんじゃないでしょうか」

「あ、ああ、うん」

柳先生は戸惑った様子で頷き、ごほんごほんと一段大きな咳払いをした。

「そ、それじゃあ、君たち、どうですか」

「部長の私が答えるまでもないわね。雄一、あんたで十分よ」

急に顧問面《づら》してきた教師と、絶対に何もわかっていないであろう京子の無茶振りに、僕は内心で溜め息をついて口を開いた。

「そんなの簡単ですよ」

「えっ、そうなのかい？」

織坂先生は目を丸くする。

「煙草はついさっきまで吸われていた。しかし、その周囲に人が立ち寄った形跡はない。では、この煙草はどこから来たのか。答えは一つしかありません」

僕は人差し指を天井に向けた。

「上ですよ」

「上……？」

そこにいる全員の目が僕の指先を追う。

「理科室の上は屋上になっています。うちの高校は、屋上の鍵は常に開いた状態になっているので、誰でも立ち入ることができるんです。屋上に入り込んだ誰かがそこで煙草を吸って、下に捨てた。それだけの話だと思います」

屋上の鍵が開いているのは、かつて旧校舎で大きな火事があった経験から、いざという時の逃げ道を確保するためという噂を聞いたことがあるが、詳細は知らない。

いずれにせよ、重要なのは誰でもそこに入れるという事実だ。僕らの学校は一応進学校だが、素行の悪い生徒というのはどこにでもいる。特に今日のような陽気なら、屋上から町を見下ろしながら一服しようと考える輩《やから》がいても不思議ではない。

「より正確に言うと、証拠を残さないように、灰を屋上から外に落とそうとして、誤って煙草ごと取り落としてしまったんだと思います。一応拾いに行ったのかもしれませんが、周囲が広範囲にぬかるんでいて靴が汚れるのを嫌った。地面がもう少し乾いてから回収しようと思っていたけど、先に織坂先生が見つけてしまった――まあ、こんなところかと」

「な、なるほど……」

織坂先生は感心した様子で何度も頷いた。

「確かにそれなら綺麗《きれい》に説明がつく。すごいね、君。いやぁ、感動だなぁ。本物の探偵を目にする機会があるなんて。やっぱりこの学校に実習に来てよかった」

「いえ、それほどでも」

少年のように瞳を輝かせる織坂先生を前に、僕は謙遜《けんそん》しながらほっと息をついた。

――危ないところだった。

凛々花先輩を持参していない僕が即座に答えを導けたのは、完全に運である。

朝のホームルーム中、偶然理科室のある校舎の屋上に顔を向けた時、ほんの一瞬人影が目に入ったのを僕は覚えていた。おかげで、誰かが屋上から煙草を落としたという推理に早々に辿《たど》り着くことができた。

「まあ、うちは雑用係でもこのくらいはやりますから」

「すごい。なんてすごい部活なんだ」

なぜか京子がえらそうに腕を組み、織坂先生はますます目を輝かせる。

「それで、まさか煙草を落とした人物の名前までわかったりするのかい」

「それは……」

「おそらく平良《たいら》でしょう」

僕の代わりに答えたのは、柳先生だった。

――正解。

僕は内心で答える。密告するみたいで言い淀《よど》んでしまったが、朝の屋上でほんの少し視界に映った人物は、赤い頭髪をしていた。そんな人物はわが校には一人しかいない。

　二年生の平良という生徒だ。

　比較的大人しい人間が多い我が校では、いわゆる不良と呼ばれる人種は少ないが、彼はそのグループのリーダー的な存在で、校内では有名人である。

　入学時は少し気性が荒い程度だったらしいが、父親が蒸発してから荒れ始めたと聞く。体格も良く、見た目も怖い。家が裕福ではないようで、お金への執着が人一倍強く、前に自販機の釣り銭口をあさっている姿を見たことがある。それだけならいいが、下級生を脅して金を巻き上げていたこともあり、停学になったこともあった。

「そんな生徒がいるんだね。未成年が校内で煙草なんて、これは注意しないと」

　織坂先生は、まだ若い教師らしい正義感溢《あふ》れる台詞《せりふ》を口にする。

「しかし、問い詰めても難しいと思いますよ。非を認めて謝るような生徒ではありませんし、明確な証拠がない状態では……」

　柳先生が奥歯に物が挟まったような言い方をすると、織坂先生は悔しそうに拳《こぶし》を握った。

「まあ、確かに……。DNA鑑定でもしない限り、特定には至らないでしょうね」

　ミステリ好きらしいコメントだが、喫煙者探しにDNA鑑定は非現実的だろう。

　一応、僕が屋上にいる彼を見てはいるが、喫煙現場を目撃したわけではないし、姿も一瞬しか捉《とら》えられなかったので、信頼に足る証言にはならない。もしかしたら、他にも目撃者がいたかもしれないが、平良さんの報復を考えると名乗り出る生徒がいるとは思えない。

結局、柳先生が、現担任と連絡を取ってそれとなく本人に注意をするという消極的な対応に落ち着いた。

平良さんは進級への出席日数がぎりぎりだと聞いたことがある。ここにきて喫煙が明るみになり、停学にでもなれば、出席日数が足りなくなるかもしれない。もし留年して長く学校に居残ることになれば、教員側にとっても有り難くない事態なのだろう。

「もし何か事件が起こったら、是非《ぜひ》僕にも声をかけてくれないかな」

一連の話が終わった後、織坂先生のお願いで、僕たちは連絡先を交換することになった。この事実が校内の女子たちに知られたら一大事である。死体マニアの法医学者やら、ミステリ好きの教育実習生やら、あまり好かれたくない人物にばかり気に入られるのはなぜだろう。

「なんだか対照的よねぇ。織坂先生は来て早々で校内の人気者になったのに、柳先生なんて何十年も学校にいていまだに名前知らない生徒がいっぱいいるのよ。しかも、お給料は全部奥さんに取り上げられて、財布に千円も入ってないみたいだし。ちょっと可哀《かわい》そう」

理科室から遠ざかる二人の教師の背中を眺めた京子が、どうでもいいことをつぶやいた。

軽やかに進む、希望に満ちた実習生。

足取りの重い、枯れかけた老年教師。

肩を並べて歩く両者の姿は、確かに見事なコントラストを描いていた。

§

「先輩、ただいま帰りました」

帰宅後、鞄を机の下に隠すように置いて、僕は先輩のいる押し入れを開けた。

まずは毛布の上にしっかり頭蓋骨《ずがいこつ》があることに一安心する。ここ最近、先輩が突然いなくなるんじゃないかという妙な不安が常に僕につきまとっていた。

しかし、彼女の返答がなかったことに気づいて、改めて焦燥が押し寄せる。

「先輩」

「ええ、聞こえているわ」

骨格にぼんやり重なった魂が答えるのを聞いて、僕は安堵《あんど》の息を吐いた。

「もう、驚かさないでくださいよ」

「普通は頭蓋骨が返答するほうが驚くものよ」

先輩らしい答え方に、僕は肩の力が抜けていくのを感じた。

「それにしても、今日は遅かったわね。雄一くん」

「すいません、探偵部に来客がありまして」

凛々花先輩の頭蓋骨を机の上に移動させながら、僕は釈明を口にする。

柳先生が、ミステリ好きの教育実習生を連れて珍しく部活に顔を出したことを説明すると、同じくミステリを愛する先輩が薄く微笑《ほほえ》んだ。

「そんな人がいるのね」

「女子は勿論《もちろん》、男子生徒にも人気みたいですよ」

「まあ、ミステリ好きに悪い人間はいな……いえ、いるでしょうね。架空とはいえ、殺人事件を愛好するなんて、冷静に考えると業《ごう》の深い話だわ」

先輩は独特な言い回しをする。

「京子は、教育実習生を巡って事件が起こることを期待しているみたいですけど」

「ふふ……」

先輩は上顎骨《じょうがくこつ》と下顎骨《かがくこつ》の間から吐息を漏《も》らすと、切れ長の二重で僕を見上げた。

「ところで、顧問と実習生が来たのはわかったけれど、それを加味しても帰宅時間が遅い気がするけれど」

「すいません。思いのほか長い時間話し込んでしまいまして」

本当は学校の後、買い物に行っていたのだが、敢《あ》えて平静を装って答える。

先輩は死後、山中に埋められていたのを、僕が掘り起こして一緒に生活を始めた経緯がある。土の下にいたのを思い出すのか、退屈な時間が続くと少し不機嫌になる。

先輩はしばらく黙ってから、再び口を開いた。

「ふぅん……まあ、いいわ。それにしても、榎並《えなみ》さんの言う通り、わたしもなにか事件が起こりそうな気がするわ」

「え、そうなんですか？」

先輩は冗談よ、と言って紅色の唇の端をかすかに引き上げる。

京子の願望と違って、先輩が口にすると、たとえ冗談であっても不吉な予言のように聞こえる。ただ、仮にそれが災いの前兆だとしても、彼女の笑顔が見られたことのほうが僕には嬉《うれ》しく感じられた。

§

窓を少し開くと、花の香りを含んだ夜風が室内に吹き込んできた。

それから数日が経過した。

京子の願いと先輩の予言にかかわらず、日々は何事もなく過ぎていった。

廊下で織坂先生と顔を合わせると、好奇心を宿した瞳で「なにか事件はあった？」と尋《たず》ねられるが、特に探偵部への依頼もなく、朗報は告げられないままでいる。

変化のない日常の中、季節だけが緩やかに春へと近づいているこの日、僕のクラスは理科室で一時限目の授業を受けていた。

教壇に立つ柳先生が、抑揚のない声で、電磁気学の公式を説明していた。難解な内容と子守唄のようなリズムに、普段は安らかな眠りに誘われる生徒が続出するのだが、今日は女子を中心に珍しく起きている生徒が多い。理科室の後ろで見学している織坂先生の影響だろう。

一方の僕は、やや落ち着かない気分で授業を受けていた。今日は体育がある日なので、先輩の入った体操着入れを教室のロッカーに置いている。そのため、一刻も早く理科室での授業を終えて教室に戻りたいと思っていた。

なぜなら、今日は僕にとって少し特別な日なのだ。

その時、からんと何かが転がるような音が聞こえた。

「ん？」

柳先生が手元の教科書から顔を上げて、辺りを見渡す。

「今、なにか鳴りましたか？」

不思議そうに首をひねると、後ろで見学していた織坂先生が教壇の脇を指さした。

「柳先生。準備室から聞こえたような気がしましたけど」

「準備室？」

柳先生は生徒たちに「ちょっと待っていなさい」と告げると、隣の理科準備室に入っていった。パタンとドアが閉まり、すぐに鉛筆を片手に出てくる。

「気持ちの良い隙間風《すきま》が吹いていました。それで机にあったこれが転がったようです。もう春一番の季節ですね」

鉛筆を教壇に置くと、何事もなかったように授業を再開する。

が、その直後――

「きゃあっ」

窓際に座っていた女生徒が突然大声を上げた。

皆の注目を受けた彼女は、手を震わせながら、外を指さす。

「い、今、人が上から……」

途端に教室が騒然とし始め、柳先生が「静かに」と手を上げた。彼は窓際に近づくと、鍵を開いて、顔を外に覗かせる。そして、驚いた様子で口を開いた。

「……な、なんてことだっ」

すぐにじっとしていられなくなった生徒たちが、窓際に殺到する。

窓から身を乗り出した彼らから、悲鳴とも絶叫ともつかない声が上がった。

四階にある理科室から下を眺めると、校舎の影となった薄暗い地面が見える。明け方に通り雨があったようで、まだぬかるんだ土の上に、ブレザー姿の男子生徒が、仰向けに倒れていた。

「君たちは下がるんだっ。柳先生、早く救急車をっ……」

生徒と一緒に外を確認した織坂先生が、大声で叫ぶ。

「……ど、どうして……平良っ」

下を向いたまま、動けないでいる柳先生に、僕は言った。

「先生、救急車は手遅れです。警察を呼びましょう」

倒れている男子生徒の後頭部からは、真っ赤な液体が放射状に飛び散っており、まるで壁にぶつけたトマトのようだ。元々赤みがかった頭髪は、溢れ出した深紅の血によって、一段と赤く染め上げられていた。

§

「おい、下がれ。ここには近づくな」

　僕が校舎裏に辿り着いた時には、平良さんの遺体には既《すで》にブルーシートがかぶせられており、教師たちがバリケードのように立ちふさがっていた。

「教室に戻れ。おい、聞こえないのか。全員、教室に戻れっ」

　いかつい体育教師が、怖いもの見たさで集まった生徒たちに怒号を飛ばしている。しぶしぶ引き返す野次馬たちの間を縫って、僕はシートの隙間を覗こうと身をかがめた。四階にある理科室からでは、遺体の詳細な状況がわからなかったのだ。

　ただ、わずかな隙間から亡骸《なきがら》は確認できず、ぬかるみに浮かんだ吸いさしの煙草が目に入っただけだった。僕はブルーシートに向けて声を張り上げた。

「平良さん、わかりますかっ」

「おい、お前なにやってんだ」

　体育教師が近づいてきて、僕の肩を摑《つか》み上げた。

「平良さんっ。僕の声が聞こえたら、返事をしてくださいっ」

「大声を出すな。お前、平良と知り合いなのか」

「はい、昔お世話になったことがあって」

僕は真顔で嘘《うそ》をついた。

「お世話？　お前も平良とつるんで悪やってたのか」

「僕がそんな風に見えますか」

体育教師は、しげしげと僕の全身を見つめる。不良とは対極にある外見に、少し気勢が削がれた様子で続けた。

「どんな世話になったか知らんが、平良は返事ができる状態じゃない。わかるだろう。お前も教室に戻れ」

引きずられるようにその場から離されると、遠くからサイレンの音が近づいてきた。

教室では、一限目の授業中に屋上から転落した生徒がいると担任から告げられ、その時間に不在の者がいなかったか、転落の瞬間を目撃したものがいなかったのかを尋ねられた。おそらく、警察から聞いておくように指示されたのだろう。

理科室で人が落ちたと叫んだ女生徒が別室に呼ばれたが、窓を通り過ぎるのを一瞬見ただけだったようで、すぐに解放され、全員このまま下校するように指示を受ける。

皆が帰り支度を始める中、スマホを見ると京子からメッセージが届いていた。

内容を確認し、僕は鞄と体操着入れを手に取って廊下に出る。

「やっぱり先輩の言う通り、事件が起こってしまいました」

周囲の喧噪《けんそう》にまぎれて、体操着入れの先輩に話しかけると、淡々とした口調で返事があった。

「そうみたいね。落下を見た女の子、可哀そうに。しばらくは夢でうなされるでしょうから、心療内科を紹介するべきね」

「窓を通り過ぎるのが一瞬目に入っただけだと聞きましたけど」

「普通の人間は、身近な人間の死に対してあなたほど淡泊ではいられないのよ」

「なんだか棘《とげ》がありますね……」

「それで、雄一くん。まさか、このまま帰る気じゃないでしょうね」

「わかっています」

校内で起こった事件に、探偵部が黙って帰るわけにはいかないだろう。

「それに、どうせ部長から招集がかかっていますから」

僕はスマホをポケットから取り出し、京子のメッセージをもう一度確認した。

そこには、部室に集合、という一言が記されている。

下駄箱に向かう生徒の群れから静かに離れ、理科室へと続く廊下を一人進む。

道中、理科室での落下騒ぎや、被害者の校内での評判等を先輩に説明した後、ついさっき死体周辺で確認した事実を伝えた。

「なるほど、機転が利くわね。あなたにしては」

褒められたのか、けなされたのかわからないが、いつもの先輩らしい物言いに、僕は少し安心感を覚える。

理科室のドアを開けると、京子が黒板の前で腕を組んで立っていた。

「雄一、いよいよ私たち探偵部の出番ね」

「正確には警察の出番だと思うけど」

「なにを生温《ぬる》いことを言ってるのよ。ここは私たちのホーム。地の利は我にあり。警察なんかに後《おく》れを取るんじゃないわよ」

京子はよくわからない理屈を声高に宣言する。

「なんだか大変なことになってしまったね……」

「えっ、どうして先生がいるんですか？」

突然後ろのドアから現れた教育実習生を見て、僕は咄嗟《とっさ》に机の下に体操着入れを押し込んだ。

「雄一くん、ここからじゃ何も見えないわ」

先輩から不満の声が上がるが、織坂先生のように好奇心旺盛《おうせい》な人間には、あまり先輩の頭蓋骨を近づけたくないのだ。

「どうしてって、まさかこんな形で事件が起こるとは思わなかったけど、真実を究明するんだろ。今こそ探偵部の出番じゃないか」

「さすがわかっていますね」

京子と織坂先生が、がっちりと握手を交わす。

なんだか京子が二人になったようで、僕は思わず額を押さえた。

「君たち、なにをやっているんだ」

続いて、別の声が室内に入ってきた。

軽く腰の曲がったその人物は、理科教師である柳先生だ。転落事件で授業が中断していたため、その後片付けに来たのだろう。

初老の教師は、いつもより険しい顔つきで僕と京子を見つめた。

「生徒は全員帰宅するように言われているはずですよ」

「柳先生。彼らは真実を確かめようとここに集まっているんです」

代わりに織坂先生が弁明すると、柳先生の目が教育実習生に向いた。

「君も今日は帰りなさい」

「僕は教員です」

「あくまで実習生です。内輪の問題に巻き込むわけにはいきません」

諭すような口調に、織坂先生は拳をぎゅっと握った。

「た、確かに、僕は部外者かもしれません。でも、亡くなったのは、短期間であっても僕が教師として来た学校の生徒なんです。このまま大人しく帰るなんてできません」

若い教師の熱い言葉に、柳先生は浅く息を吐く。

「気持ちは立派ですが、君たちがこれ以上何をするというのです。もはや我々が口を出す領域ではありません」

「でも、転落が事故なのか、自殺なのか、はっきりしていないと思うんです。もし事故なら原因究明が必要ですし、自殺なら背景を調べるべきだと――」

食い下がるように織坂先生が言うと、

「少なくとも事故は考えにくいな」

また、新たな声が理科室へ入ってきた。

全員の視線が出入り口へと向くと、そこにはブラックスーツをまとった眼光の鋭い女性が立っていた。肌の質感は若々しいが、どこか無骨な雰囲気で、初々《ういうい》しさは全《まった》く感じられない。彼女は後ろで一つに結んだ黒髪を無造作に払って、まるで自分の家のように椅子に腰かけ、足を組んだ。

「……えっと、あなたは？」

柳先生が戸惑った様子で尋ねる横で、僕は息を吐いて、軽く目を閉じた。

おそらく僕は彼女のことを知っている。

「失礼。屋上に向かおうとしたら、ここから声が聞こえたもので。所轄署の雨宮《あまみや》です」

彼女は内ポケットから警察手帳を取り出して、顔の前に掲げた。

直後、制服姿の警官が、慌てた様子で理科室へと入ってくる。

「あっ、こんなところにいた。雨宮警部。勝手にうろうろされては困ります」

「え？　警部なんですか？　警部ってもっとおじさんがなるのかと思っていた」

京子が素直な感想を口にすると、女刑事はふっと笑った。

「中身はおじさんと部下に言われているがね。所謂《いわゆる》キャリアというやつだよ。キャリアなんぞ霞《かすみ》が関《せき》でふんぞりかえっていればいいものを、いちいち現場に首を突っ込むから、周りからは大層煙たがられている。なあ、そうだろう？」

「い、いえ、そんなことは」

制服警官が恐縮した様子で答えるが、雨宮警部は気にする様子もない。

「おや、君は……」

鋭い視線が僕を向いた。

「ほほう、いつぞやの少年じゃないか。そういえば室骸《むろがい》二高の生徒だったね。あの時は世話になった」

やはり。

バレンタイン事件の時に、話を聞かれた刑事だ。一体どういう関係なのかと訝《いぶか》る視線を周りから感じるが、説明が面倒なので僕は小さく会釈するに留めた。

「しかし、どうして君がここにいるんだ。生徒は全員帰宅させたと聞いたが」

「私たち、探偵部なんです。事件の真相究明のために集まっています」

京子が一歩前に出ると、雨宮警部の後ろに控えた制服警官が諭すように言った。

「お嬢ちゃん。これは遊びじゃないんだよ」

「遊びのつもりはありません。それに私はお嬢ちゃんじゃなくて、探偵部部長の榎並京子です」

「いや、だからね――」

語気を強める京子を、制服警官がなだめようとした時、織坂先生が脇から口を挟んだ。

「あの、すいません。さっき事故は考えにくいと言っていましたよね。一体、どういうことですか?」

雨宮警部は、一瞬制服警官と目を合わせると、軽く息を吐いた。

「別に、一般常識としてだよ。学校の屋上のような場所には、建築基準法で最低高さ百十センチ以上の手すりをつけることが決められているんだ。手すりに向かってよっぽど前のめりに倒れこむか、乗り越えて外側を歩いたりしない限り、うっかり落ちることはないはずだ」

「では……平良は自殺ということですか」

恐る恐るといった調子で、柳先生が尋ねる。

「まあ、遺体の検分をしっかり済ませたわけじゃないが、その可能性は勿論あるね。何か心当たりは？」

「わかりません……平良は家庭こそ複雑ではありましたが、自殺をするような生徒には見えませんでした」

柳先生は雨宮警部に向けて力なく答えた後、ふと顔を上げた。

「ただ、先日、彼が屋上で喫煙をした可能性があって、個別に呼び出したことがあったのです。てっきり猛反発を受けると思ったのですが、一言すいませんと言われて。素直に認めたので、注意に留めたのですが、なんというか珍しく元気がない様子でした」

「え、そうだったんですか」

京子が驚いたように言った。

「ふむ」

刑事が手帳を開いて、メモを取る。

「これまで遺書らしきものは見つかっていないが、それは気になる情報だな。家庭問題というのは他人が思う以上に根が深いからね。何かが起きていたのかもしれないな。まあ、警察にとって最も重要なのは事件性の有無だがね」

もう一度、部下の警官と目を合わせて、雨宮警部は腰を上げた。

「じゃあ、私は屋上に見に行くとするか。行き方を教えてもらえないか」

「あの、私も行きます」

「あ、僕もいいですか」

京子と織坂先生が歩き出そうとするのを、制服警官が押し止める。

「だから、捜査は警察の役目だ。生徒は帰宅、先生方は職員室で待機するように」

「捜査は探偵部の役目でもあるんです」

「君は何を言っているんだ」

京子が無理やりな理屈で警官に食い下がっていると、別の声が割って入った。

「平良さんは自殺ではありません」

全員の視線が、その言葉を発した人物――つまり、僕へと向かう。

「……ほう、その根拠は？」

「それは――」

目を細めた雨宮警部を前に、僕はうまく二の句が継げない。

「雄一くん。あなたの言葉は正しいけれど、根拠は説明できないわよ」

机の下に押し込んだ体操着入れから、凜々花先輩の注意が聞こえる。

僕は事件の後、ブルーシートの下にある平良さんの遺体に大声で呼びかけた。その時、かすかに声が聞こえたのだ。肉体が生きているとは思えない状況だったので、あれは魂の言葉だ。

死者から魂が消える条件は三つ。

時間が経過し、この世に未練がなくなった場合。

宿る肉体が完全に破壊された場合。

そして、自殺の場合。

逆に言うと、魂の存在が確認できたということは、平良さんは自殺ではないということになる。僕が急いで遺体の元に向かったのは、警察が来て近づけなくなる前に、それを確認しようと思ったのだ。

　おかげで先輩からは褒められたが、第三者に納得してもらえる話ではない。少し早まってしまったのは確かである。

「仕方がないわね。こう言いなさい」

　机の下から先輩の声が聞こえた。

「あの、煙草です」

「……」

　僕が先輩の言葉を伝えると、雨宮警部は口元を少し緩めた。

「詳しく聞こうか」

「ええと、遺体のそばには煙草が落ちていました。さっき柳先生が言ったように、先週、平良さんは屋上で喫煙をしていたんです。おそらく今回遺体の近くに落ちていた煙草も、彼が吸っていたものだと思います」

　確かにブルーシートの隙間から、煙草が見えた。先輩にそれを伝えてはいたが、僕はすっかり忘れていた。

「それで?」

「血に濡れて火は消えていましたが、長さからすると吸いかけのものだと思います。果たして煙草を吸っている最中に自殺をするものでしょうか」

僕の説明に、雨宮警部は声を立てて笑った。

「ははは、そうだね。自殺前の最後の一服というならわかる。ただ、普通は吸っている最中ではなく、吸い終わってから飛び降りるはずだ。実は私も遺体を見た時、その点が一番気になっていた」

刑事は更に目を細めた。

「なかなかの慧眼《けいがん》だ。では、自殺でないなら事故だと言うのかな？」

過去の経験上、本人に死ぬ意思が強くあり、かつ自ら死に飛び込んだ場合は、自殺とみなされ魂が残らない。一方、偶発的な事故で転落した際は、魂は宿った状態になる。だから、今回の転落が単なる事故だった可能性は勿論ある。

しかし、先ほど雨宮警部がその確率は低いと言ったばかりだ。

「それとも、まさか他殺とでも言いたいのかな？」

そう。

消去法で言えば、残る選択肢は一つだ。

雨宮警部は人差し指で、とんとんと机を叩いた。

「……面白いね。転落の瞬間を目撃した者は確かにいない。ただ、その時刻、全ての生徒が授業を受けていたことは確認されている。それに教師や事務員にも行方がわからなくなっていた者はいないのだよ。犯人は一体どこにいる？　まさかその時間、部外者が外から侵入してきていたとでも？」

「それは考えにくいと思います。誰かに目撃される危険も高いですし、部外者がわざわざ学校の屋上で犯行に及ぶ必然性はありません」

体操着入れからの声に従って、僕は言った。机の下にいる先輩は、周りの様子は見えていないはずだが、会話のやり取りから的確に状況を把握《はあく》しているようだ。

「私もそう思う。では、結局どうなる？」

「現場と遺体を見せてくれれば解決してみせます」

雨宮警部の問いにそう答えると、制服警官が呆れ顔で肩をすくめた。

「君ねぇ。そろそろ警察をからかうのも、いい加減にしなさい。警部もいちいち子供の相手をされなくても」

警官はそう言って、僕を理科室からつまみ出そうと近づいてくる。だが――

「待ってくれ」

それを制したのは雨宮警部だった。

机を指で叩きながら、制服警官に顔を向けた。

「時に、君は中敷《なかじき》警部を知っているかね」

「え？　あ、はい。捜査一課の敏腕刑事と噂に聞いておりましたが……」

「そう、数々の犯罪者を検挙した優秀な刑事だ。ところが、ほんの数年前まで、彼は強引さだけが売りの粗暴な警察官だった。どうして急に検挙数が上がったのか、気になって尾行をつけたことがあるんだが、一度この室骸二高に入っていくところが確認されたんだ。まあ、それ以降は警戒されたのか、尻尾を掴むことはできず、結局判断がつかないままになっていたがね」

雨宮警部は僕と京子を順番に眺めた。

「ただ、今考えると、こういう仮説が成り立つ。中敷警部は誰かに知恵を授けてもらいにここに通い、その助言を受けて検挙率を高めていた」

「……」

僕と京子は沈黙したまま顔を見合わせた。

中敷さんは、凜々花先輩が生前お世話になっていた刑事だ。

有り余る能力の使い道を探していた先輩が、新聞に載った未解決事件についての投書をした際に知り合ったらしく、当時、旧校舎にあった僕らの部室を密《ひそ》かに訪ねて、様々な事件の相談を先輩に持ちかけていた。

先輩は謎にありつける。刑事は実績を上げられる。

他言無用の前提で、そういう相互利益関係が構築されていたのだ。

「まさか、中敷警部が相談していたのが、この子供たちだとでも？」

制服警官の僕たちを見る目が、先ほどまでとは明らかに変わる。

中敷警部の相談相手は、正確に言うと体操着入れの中の女子高生探偵だったが、僕は敢えて黙っておくことにした。

雨宮警部は机を指で叩くのをやめる。

「中敷警部の名誉もあるし、この子たちも口は割らないだろうがね。まあ、せっかく協力してくれると言っているんだ。少しだけ付き合ってもらおうじゃないか」

屋上の検証について、なんとか警察の許可が下りた。

結局、生徒の監督役として、柳先生と織坂先生もついてくることになる。

僕は理科室を出る際に、後ろを振り返った。

「体操着入れを持って屋上に行くのもおかしいでしょうから、あなただけで行ってきなさい。その代わり、よく観察してくること」

机の下から響く言葉に、僕は小さく頷いて、後ろ手にドアを閉めた。

§

「……ふむ。なんの変哲もない屋上だな」

先頭で足を踏み入れた雨宮警部が、感想を一言口にする。

風は凪《な》いでおり、空の青と、町を囲む山の緑のコントラストが目に映《は》える。煙草を吸った経験はないが、ここで喫煙したい気持ちも少しはわかる気がした。

「で、落下地点は？」

「この辺りだと思われます」

制服警官が、階段室を左にまわりこんだ場所に案内する。

「なるほど、格好の喫煙所だね」

雨宮警部の言う通り、階段室の壁を背にして座れば、教室のある校舎側からは見えにくくなっている。

階段室の壁を背に二メートルほど進むと、腰上辺りの高さの手すりがあった。

「手すりに平良さんの指紋はあったんでしょうか」

「ははは、本当の警察みたいだね。特に指紋の採取はしていないよ。平良という生徒が屋上から落ちたのは確実だし、ここは公共の場所だ。指紋があったところで、いつのものか判別するのは難しい」

雨宮警部に笑われて、やはり慣れないことは口にするものじゃないと思った。

今僕がやるべきは、先輩のために現場を詳細に観察することだ。

手すりは柵状で金属製。高さは一メートルと少し。もし手すりを越えても、すぐに足元がなくなるわけではなく、コンクリートの足場が数十センチ続いている。確かに誤って転落するとは考えにくい構造だ。

明け方の通り雨の影響で、手すりはまだ濡れており、付近にも水溜まりが複数残っている。手すりの先は一段低くなっており、底に排水口があった。雨水はここに集められ、校舎の壁を伝う雨どいに流れるようだ。

「……」

正直、観察すればするほど、何の変哲もない屋上であることがわかるだけだ。

「あっ」

そこで織坂先生が突然声を上げた。

「刑事さん。さっき事故は考えにくいとおっしゃっていましたけど、その可能性もあるんじゃないでしょうか」

教育実習生は何かを思いついたらしく、興奮した様子で言った。

「確かに足を滑らせて落ちる状況ではありません。ただ、平良くんがこの場所にいた理由を考えればその可能性が出てくると思うんです」

「一応、聞こうか」

「……そうか、喫煙か」

柳先生が気づいたようにつぶやいた。

「そうです。先週、この校舎の下に煙草が落ちていたんです。探偵部の朝戸《あさと》くんの考えは、ここで煙草を吸っていた平良くんが、屋上に証拠を残さないよう外に灰を落とそうとして、誤って煙草ごと落としたのではないかというものでした」

急に僕の名前が出て驚いたが、おかげで織坂先生の言いたいことがわかった。

「今回も、吸いかけの煙草が遺体のそばに落ちていたということは、平良くんは喫煙目的でここにいたと考えられます。ただ、この屋上は手すりの先にも足場が続いているので、確実に下の地面に灰を落とそうとしたら、こんな風に手すりから身を乗り出さないといけませんよね」

織坂先生は実際に右手を伸ばし、手すりから上半身を乗り出すようにして、煙草の灰を捨てる振りをした。

「もし、ここでたまたま強い風が吹いてバランスを崩したら、このまま前のめりに倒れこんで、下に落ちることもありえるんじゃないでしょうか。それなら、遺体のそばに吸いかけの煙草が落ちていたことも説明できます」

手すりについた水滴で腰の辺りが濡れ、靴も水溜まりに入ってしまっているが、ミステリ好きを自称する織坂先生が気にする様子はない。

なかなかに鋭い視点で、これが正解じゃないかと思ったが——

「しかし、平良という生徒は大柄だったのだろう。確かに多少不安定な体勢ではあるが、相当の強風でなければ、バランスを崩したりはしないんじゃないか。そもそも、今は完全に無風だぞ」

雨宮警部は、こともなげに否定した。

「……で、ですが、偶然その時だけ突風が吹いたのかも」

「まあ、調べてはみるが、あまり期待はできないな」

刑事はそう言って、どこかに電話をかける。そして、近隣の建物に設置された風向計の記録で、落下時間に、この近辺が完全に無風だったことを確認した。

織坂先生が所在なさげに後ろに下がると、雨宮警部の目は僕に向けられる。

「少年、君のほうはなにかわかったかね？」

「雄一、大丈夫よね」

「朝戸くん。僕では力不足のようだ。頑張ってくれ」

　刑事の挑発的な視線と、京子と教育実習生の期待の眼差《まなざ》しを感じるが、正直何もわからないので、僕は役割通り情報収集に徹することにする。

　後で先輩に見せるために、スマホで屋上の写真を複数枚撮った後、写真だけではわからない風の状況や体感温度もメモに残し、雨宮警部に言った。

「後で話しますので、次は遺体を見せてください」

§

　屋上を後にした僕たちは、再び荷物の置いてある理科室に戻ってきた。

　机の下にスマホを差し入れ、さっき撮った写真とメモをさりげなく先輩に見せておく。

「悪いが、さすがに遺体に面通しさせるわけにはいかない。その代わり写真を見せよう。コピーや撮影は一切禁止。この場で見るだけにしてくれよ」

　雨宮警部は部下にデジカメを持ってこさせ、それを机に置いた。

「雄一、あんたが見なさい」

いつも事件を心待ちにしている京子だが、こういうことには耐性がない。

僕はデジカメの電源を入れて、中身を確認する。

最初に、少し離れた位置から落下現場を撮った写真が出てきた。

仰向けの遺体が、校舎の壁に足を向ける形で転がっている。地面はぬかるんでいるが、落下の衝撃は相当なものだったようで、頭部周辺には夥《おびただ》しい量の血液と、こぼれだした脳髄《のうずい》が散らばっていた。

「どうして、そんなこと実況中継するのよ」

写真の内容を口にすると、京子が身を震わせて、文句を言ってくる。

「いや、一応みんなに聞こえるように……」

勿論、本当の目的は、机の下に潜《ひそ》んでいる先輩に聞かせるためだ。そのまま順番に見ていくが、落下に伴う損傷と思われるもの以外、これといった所見がない。

「雄一くん。遺体の手足と胴体をよく見て」

先輩の指示で、手足や胴体がアップで撮影されている写真も見る。平良さんは母子家庭で貧乏だったようで、使い古された上履きが目に入ったくらいで、特に気になる痕跡は発見できなかった。

結局、遺体の持ち物を写したものが最後の一枚となる。

ライターとマルボロの箱、吸い殻入れの他は、数百円の小銭と、長らくポケットに入れていたのか、湿った一万円札があるだけだ。正直、大して怪しい所見は見当たらなかったが、きっと先輩には何かが見えているはず。

「さあ、屋上と遺体の写真。君の要望は叶えた。解答を聞こうじゃないか」

雨宮警部はわざとらしく手を広げる。

女刑事。制服警官。顧問の柳先生。教育実習生の織坂先生。探偵部部長の京子。そこにいる全員の目が僕に向けられている。

僕は固唾《かたず》を飲んで、机の下の先輩の声を待った。

しかし、しばらく待った後、体操着入れから漏れてきたのはこんな言葉だった。

「……困ったわね」

――え？

いきなり不安になるようなことを先輩は口にする。

「悩ましいわ。あるいは……いや、だけど……」

そう言ったきり黙ってしまった。

「どうした？」

「ああ、いえ、考えをまとめていたもので」

焦《じ》れた様子の雨宮警部に、僕は努めて淡々と答える。

「……まあ、いいわ。ひとまず始めましょう」

周囲の視線にさらされて心臓が早鐘を打ち始める中、先輩はようやく口を開いて、続きを僕に託した。

ほっと息をついた僕は、先輩の一言を皆に伝える。

「結論から言うと、平良さんは殺されたのです」

その場の空気が明らかに変わった。

「殺されただと？」

「ええと、正確には、確実に死ぬかどうかわからなかったけれど、死んでもいいと想定されていたというか」

「よくわからんが、君は本件に事件性があると言いたいわけだな。そうなると我々も黙っていられない。理由を聞かせてもらおうか」

雨宮警部の眼光が一段と鋭くなった。

「まず、煙草が吸いかけだったことから、自殺は考えにくい。それに屋上の状況を検証した結果、偶発的な事故の可能性も低いことがわかりました」

「それはわかるが、単なる消去法では他殺の根拠にはならないぞ」

「他殺の可能性がある、と言っておきたいだけです」

僕は念を押すように答える。

「では、他殺だとしたら、誰がどうやったのか。理科室で授業を受けていた女生徒が落下を目撃したことから、犯行時間はほぼ確定しています。理科室の上は屋上しかないため、彼が屋上から落ちたのも間違いない」

「ああ、その通りだ」

「そして、その時間、席を離れていた生徒はおらず、行方がわからなくなっていた先生や事務員もいない。また、部外者が誰にも目撃されずに屋上に行き、犯行を終えて姿を消したとも考えにくい。実際、僕は理科室で授業を受けていましたが、上で争うような声は聞こえませんでした」

「そう、犯人の姿がどこにもない。それでも君は他殺だと言うのか」

雨宮警部は椅子に腰を下ろし、指で机をトントンと叩き始めた。

「そうです。犯行現場に犯人はいない。しかし、被害者は殺された。これを両立させる方法が一つあります」

先輩の言葉を聞き漏らさないよう耳を澄ませ、僕は続きを口にした。

「遠隔殺人です」

「……遠隔殺人？」

雨宮警部の人差し指が止まる。

「ええ。犯人は屋上にちょっとした罠を仕掛けていたんです。それは些細なものでしたが、平良さんは運悪く引っかかってしまった」

「待ってくれ。それはどんな罠で、一体誰が仕掛けたというんだ」

「まず誰が仕掛けたかという話からしますが――」

戸惑う雨宮警部から、僕はその人物にゆっくりと視線を移した。

周囲の人間の目も、僕につられるように一点に集まる。

視界の中央に映る相手は――

「柳先生です」

「……は？」

老教師の垂れ下がった瞼《まぶた》が、何度もしばたたかれる。

「き、君は何を言っておるんだ」

雨宮警部がおもむろに立ち上がった。

「この教師が犯人だと言うのか？」

「はい」

「ち、違うっ。何を馬鹿《ばか》なっ。一体なんの根拠があって……」

激しく手を振る理科教師に、僕は落ち着いた口調で告げる。

「なぜなら、柳先生ならこの遠隔殺人が可能だからです」

「き、君はなにを……」

「そもそも遠隔殺人というのは一体どういうものなんだ」

慌てる柳先生の横から雨宮警部が口を出してくる。

「例えて言うなら、屋上で話題になった風のようなものです。勿論、自然をコントロールすることは不可能なので、もっと人工的かつ遠隔で発生させうるもの」

僕は、落下事故によって授業が中断されたままの黒板を眺めた。

そこには電磁気学の公式が、丁寧な字で几帳面に記されている。

「おそらくそれは電気です」

「……」

柳先生の顔つきが変わる。

「犯人は、平良さんが授業中に屋上で喫煙することを知っていました。先週、吸い殻が落ちていた位置から、屋上のどの辺りで吸っているかも当たりがつく。そして、灰を捨てる際に手すりから身を乗り出し、不安定な体勢になるであろうことも予想がついていた。とはいえ、手すりはそれなりの高さがありますし、台風並みの強風でも吹かない限り、大柄な平良さんがバランスを崩して頭から前に倒れこむとは考えにくいことは、先ほど話し合った通りです」

僕はそこまで言って、柳先生を見た。

「ただ、この時、彼がもたれかかった手すりに突然電気が流れたらどうでしょう」

「……！」

その細い目が見開かれるのを確認して、先を続ける。

「電流が強ければ突然の不整脈で意識を失ったかもしれないし、そうでないとしても、予想だにしていない電気刺激が突然きたわけですから、元々不安定な体勢が更に大きく崩れることは想像に難くありません」

「……なるほど。それで生徒は落下したということか。だが、その瞬間、教師は授業中だったのだろう。一体どうやって手すりに電気を流すんだ」

「……あっ、理科準備室」

後ろで聞いていた織坂先生が、声を漏らした。

「そうです。平良さんが落下する直前、柳先生は物音がすると言って、理科準備室に消えた時間がありました。おそらくあの時、電気のスイッチを入れたんです。それならほんの一瞬の作業で済む」

僕は織坂先生に頷きながら答える。

制服警官が黙っていられずに、割り込んできた。

「ちょ、ちょっと待ってくれ。理科準備室でスイッチを押すと、どうして屋上の手すりに電気が流れるんだ」

僕はさっき屋上で撮った写真を皆に見せる。手すりの少し奥にある、雨水を集めるための排水口を指さした。

「屋上に降った雨は、この穴から校舎の壁を伝う雨どいを通って、地面に落ちます。これを逆に使うんです」

僕は次に理科室の窓を開け、隣の理科準備室との間の壁を縦に這《は》う雨どいを指さす。

「見てわかるように、雨どいが理科準備室の窓の脇を通っています。ここに小さな穴をあけて金属ワイヤーを通し、屋上の穴から先を出します。それを平良さんがもたれかかるであろう手すりの付近に目立たないよう巻き付けておけばいいんです。ワイヤーの反対側は理科準備室の電源に繋《つな》ぐわけですが、一般のコンセントの電圧だと不安なので、昇圧器などで電圧を上げていたと思います」

そこで僕は一息をついた。

「昇圧器をコンセントに繋いで金属ワイヤーを接続する。理科準備室のそばの雨どいに小さな穴をあけて、ワイヤーの端を上にあげる。今度は屋上に行って、排水口から飛び出した先端を手すりに結びつける。準備はこれだけです。後はいいタイミングで昇圧器のスイッチを入れて、手すりに電気を流せば終了です」

「重要なのは屋上の状況よ。濡れた手すりに触れると、皮膚《ひふ》の抵抗が下がるし、足が水溜まりについて、それが柵に触れていることで、電気が体の中を通る道ができる。ゴム製の上履きを履いていたら絶縁体として作用してしまうけれど、被害者の上履きは極度にすり減っていて、防御壁として機能しなかった」

先輩の難しい説明を、補足として付け加えておく。

簡単に言うと、濡れているほうが電気の影響を受けやすいが、雨だと平良さんが屋上で喫煙をしないので、雨の後の晴れというのが最も適した状況ということらしい。

いずれにせよ、今日がその絶好の犯行日和となり、柳先生は早朝に学校に来て、この罠を仕掛けたのだろう。

罠が発動した後は、スイッチを切り、落下事件で校内がハチの巣をつついたような騒ぎになっている間に、真っ先に屋上に行きワイヤーを手すりから外す。すぐに理科準備室に戻って、ワイヤーをたぐって回収すれば、痕跡はほとんど残らない。

雨宮警部はゆっくり頷いた後、一度人差し指で机を叩いた。

「なるほど……そこまではわかった。だが、スイッチを入れるタイミングを、理科室にいながら一体どうやって把握するんだ？」

確かに。

平良さんが絶対にその日屋上で喫煙するとは限らず、他の生徒が先に手すりに触れて電流を浴びてしまうリスクもあるのだ。まあ、授業中に屋上に現れる生徒は平良さんくらいしかいないので、授業中限定でスイッチをつけっぱなしにしておくという考えもあるだろうが、その時間の電気使用量がやけに高くなり、後で無駄に怪しまれかねない。

最初に先輩が悩ましいと言っていたのは、このことだろうか。

「それは大した問題ではないわ」

しかし、先輩の潜む机に目を向けると、あっさりと答えが返ってきた。

「糸と接着剤のようなものがあればいいんです」

続いた先輩の言葉を、僕は口にする。

「細い透明な糸の端に、接着剤等をつけ、屋上の階段室の低い部分に緩く貼り付けておく。それで、糸の反対側は、少し開けた理科準備室の窓から室内に取り込んでおきます」

「そうか、あの音がスイッチの合図だったのか」

織坂先生は、一足早く気づいた様子だ。

「はい。平良さんは屋上の階段室をまわりこんで、あの喫煙場所に向かう。その時、糸が引っ張られる。糸の反対側を、理科準備室の机の端に置いた鉛筆にでも巻き付けておくと、糸が引っ張られると同時に、鉛筆も引っ張られ、床に落ちる」

それが授業中にからんと鳴った音の正体だ。

あれは、平良さんが喫煙場所に到着した合図だったのだ。合図を聞いた柳先生は、理科準備室に入ってスイッチをつけるだけでいい。糸自体は弱めにつけていたので、すぐに外れ、平良さんに気づかれる前に室内から引っ張って回収しておいたのだろう。

僕はそこで一息をついた。

「――解答は以上です。そして、この仕掛けが実行できるのは、あの時、理科準備室に入ったあなたしかいません」

柳先生に視線を移すと、初老の教師は苦しげに呻《うめ》いた。

「そ、それは全て机上の空論だろう……証拠はあるのか」

「あると思いますよ」

僕は先輩の言葉をそのまま伝える。

隣の理科準備室に入っていった制服警官が、嬉しそうに証拠品を手に出てきた。

「警部。棚の奥から金属ワイヤーと、昇圧器と思われる物品を発見しましたっ」

「彼は事件の後、急いでワイヤーを回収し、昇圧器と一緒にとりあえず理科準備室の棚に隠した。それで生徒たちが緊急帰宅をした後、密かに処分しようとやってきたら、先にわたしたちがいた。その後、警察までやってきたものだから、結局処分できないまま隠してあると思ったけど、その通りだったわね」

先輩が体操着入れの中で、淡々とつぶやいた。

事件の後、理科室にいた僕たちと織坂先生に、柳先生は珍しく強い口調で、早く帰るように言った。それは証拠品を早く処分したかったからだ。

「……」

手作りと思われる昇圧器を睨《にら》むように、柳先生はその場に立ち尽くしていた。制服警官が、雨どいに小さな穴も発見したと告げるのを聞いて、雨宮警部は立ち上がった。

「さあ、動機や詳しい話は、署で聞こうか」

探偵部の顧問が犯人だったというやや後味の悪い結末だが、事件としては一件落着したようだ。さすが先輩としか言いようのない結果だが、彼女の最初の心配はどこからきていたのだろう。

「……違う。私じゃない」

雨宮警部が近づこうとすると、柳先生は低い声を出した。

「証拠品もあるんだ。見苦しいぞ」

制服警官が肩に触れると、探偵部顧問はそれを振り払った。

「そうだ。確かにその昇圧器とワイヤーは私のものだ。しかし、私がそれを今回使ったという証拠がどこにある」

「なに……」

警察たちの動きが止まる。

「それは、単なる趣味で作ったものだ。確かにそれを使えば、犯行は可能だったかもしれないが私は使っていない。平良は事故で落ちたんだよ。きっと雨水で足を滑らせでもしたんだろう。私が仕掛けをしたという証明ができないのと同じで、絶対に事故じゃないという確実な証明もできないはずだ」

「……」

──先輩、どうしましょう。

僕の心の声を察したように、先輩の返答が机の下から漏れてくる。

「証拠品が見つかれば、うまく丸め込めると思ったけれど、そうはいかなかったわね」

彼女が最初に悩ましいと言っていたのはこのことだったのだろうか。

「感電の時は、遺体に電流斑という特徴的な所見が見られることがあるのだけど、体が濡れている時は出ないことも多いの。今回は残念ながら見当たらなかったようね。解剖を待つしかないけど、期待はできないかもしれないわ」

先輩が死体の手足や胴体を確認するように言ったのは、そのためだったと理解する。

つまり、決定的な証拠はないということだ。

「さあ、どうした。確実な証拠もないのに、人を殺人者呼ばわりするのかっ」

勝ち誇った柳先生の顔は、これまでに見たことのないものだった。

「ただ、別の視点から攻めることはできるわ」

——え？

場が重たい空気に包まれる中、先輩の声がそっと僕の鼓膜を震わせた。

「せっかくだから、ここはあなたに考えてもらおうかしら。雄一くん」

「ええっ」

突然の指名に、思わず声が漏れる。

まただ。推理は先輩の役割だったはずなのに、それを僕に任せようとする。

「あなたも探偵部員として、これまで活動してきたんでしょう。少しは成長しているはずよ。事件の始まりから、よく思い出してみなさい」

「……」

　そう言われると、考えないわけにはいかないが、妙な不安と焦りが頭の中をぐるぐると巡り、正直何一つ思いつかない。

「柳先生。教育者として、真実を話してくれませんか」

　織坂先生が真剣な表情で、柳先生に向かい合った。

「私は真実を話している。間違っているのは警察のほうだ」

「でも、柳先生が理科準備室から出てきた後、すぐに平良くんが落下したじゃないですか。そんな偶然があるものでしょうか」

「あるんだよ。だから偶然と言うんじゃないか」

　――あ。

　いつもより落ち着いた様子の顧問に、僕は顔を向けた。

「柳先生。あなたが証拠品を使った直接の証明はできませんが、今回の仕掛けを知っていた証明ならできるかもしれません」

「……やれるものなら、やってみなさい」

「授業中に理科準備室で音が鳴り、それを合図に柳先生は理科準備室に入りました。あれも偶然だと言うのですか」

「勿論、偶然だ」

「あの時、ご自分がなんと言ったか覚えていますか？」

「そこまで耄碌《もうろく》していない。気持ちの良い隙間風が吹いていた。それで机にあった鉛筆が転がったようだ。もう春一番の季節……そんな感じだろう」

僕は一度呼吸を整えて、続きを口にした。

「ところが、先生。あの時間、この近隣で風は吹いていないんです」

「……！」

周囲が息を呑《の》む音が聞こえた。

突風のせいで平良さんが落ちたという仮説を織坂先生が屋上で披露した時、雨宮警部が事件発生時は一帯が無風だったことを確認している。

「風が吹いた記録はないのに先生はそう言った。なぜなら、鉛筆が机から落ちたのは、屋上に仕掛けた糸に獲物がかかったからだとは言えませんから、適当な嘘をつくしかなかったんです」

「ふふ……」

机の下から漏れる凜々花先輩の吐息で、自分は間違っていなかったことを知る。

「ほう、それは大いなる矛盾《むじゅん》だな。その言葉はクラスの全員が聞いているんだろう。もはや言い逃れはできまい」

雨宮警部の言葉に、柳先生は低く唸《うな》ったまま、無言で佇《たたず》んでいた。

「柳先生……。一体どうして……」

織坂先生が声を震わせると、老教師はようやく口を開いた。

「……害悪だからだよ」

過去に聞いたことのないような、低くドスの利いた声だった。

柳先生は、口の端を引き上げ、高らかに笑う。

「社会になんの益ももたらさない害虫だから始末した。それだけの話だ。あいつがこの学校の卒業生なんてことになったら、学校の評判が下がるだけだ。むしろ俺は学校を守ったんだ。いいことをしてやったのに、どうしてそんな目で俺を見るんだ」

溜まりに溜まった鬱憤《うっぷん》を吐き出すように、理科教師は叫んだ。

「この前、あいつが校内で煙草を吸ったことを今の担任に伝えたさ。すると、柳先生から注意してくれませんかと言いやがった。なんで俺なんだよっ。仕方ないから平良を呼び出したら、あの野郎はこう言ったんだ。証拠はあんのか、くそじじいってよ。どいつもこいつも俺を馬鹿にしやがって」

当初、平良さんは喫煙を認めて素直に謝ったと言っていたはずだが、あれは嘘だったようだ。何か事情がある風を装って、自殺説に持っていこうと考えていたのだろう。

「この学校を長年支えてきたのが、誰なのか全くわかっちゃいないっ。俺が見えないところで面倒な仕事を引き受けてきてやったから、全てがうまくまわってきていたんだっ。そうだろうがっ」

「せ、先生……？」

好々爺《こうこうや》の豹変《ひょうへん》ぶりに、京子は戸惑っている様子だ。

「いいか、俺の仕掛けは確実なものじゃなかった。本番は実験通りにはいかないと授業でいつも教えているだろ。だけど、あいつは死んだ。これは天罰だったんだと、死んだ平良の持ち物を見て思ったよ。ポケットに一万円札が入っていただろ。貧乏なあいつがそんな大金を持ってるはずないんだ。誰かからカツアゲしたに決まっている」

口角から唾《つば》を飛ばしながら、織坂先生を指さした。

「校内で煙草は吸う。他人から金は巻き上げる。大人を馬鹿にする。そんな癌《がん》は一刻も早く、取り除くべきだっ。いいか、これこそが教育だ。そうだろうっ」

ぱぁんと、甲高い音が室内に鳴り響いた。

先輩教師の頰《ほお》を叩いた手を震わせ、織坂先生は唇を嚙《か》み締めた。

「そんなのは……教育じゃないっ」

「そこまでにしておこう。後は我々の仕事だ」

雨宮警部が二人の間に割り込み、呆然としたままの柳先生を連れて、理科室を出ていった。証拠品を抱えた制服警官が、慌てて後に続く。

しばらくの沈黙の後、織坂先生は弱々しい笑顔で言った。

「取り乱してごめん。みっともないところを見せてしまったね」

「いえ、私もちょっと驚いて……」

京子がフォローすると、教育実習生は気を取り直したように微笑んだ。

「必ず解決する……か。君たちは本当にすごいね」

「はい。それが凜々……先代部長の口癖でしたから」

京子が胸を張って答えると、織坂先生は優しい声色《こわいろ》で応じる。

「そうみたいだね。……じゃあ、僕たちも行こうか」

二人が理科室を出ると、僕はようやく一息ついて、机の下に押し込んでいた体操着入れと鞄を引っ張り出した。体操着入れには幾つもの穴を開けており、先輩が外を見られるようにしているが、きっと机の下では何も見えなかっただろう。

「ああ、世界はこんなにも明るいのね」

ちくりと嫌味を言われ、平謝りしながら、理科室を出た。

「一件落着――ではあるけど、なんだかやるせないわね」

学校からの帰り道に、京子が複雑な表情で言った。

謎は解明されたが、結果として探偵部顧問が殺人犯として捕まることになった。柳先生とは、授業以外ではほとんど関わりがなかったが、確かに気分の良い結末とは言えない。

京子は深い溜め息をついて、僕をじろりと睨む。

「雄一って本当に、時々やたら冴《さ》えてるわよね。あんた本当は二人いるんじゃないの？」

「今日はたまたま調子が良かったんだよ」

僕は先輩のいる体操着入れを横目で捉えながら言った。

「でも、私だってある程度は気づいていたんだからね。調子に乗るんじゃないわよ」

「うん、わかってるよ」

「まあ、雑用係としてちょっとは成長してきたんじゃないの」

京子は対抗心を露《あらわ》にしながら言った。

相変わらず僕は雑用係から昇進できないようだ。

ただ、そんなことより、前回といい今回といい、突然僕に推理を任せるという、先輩らしくない行動のほうが僕は気にかかっていた。ついこの前、わたしは変わらない、と言っていたはずなのに。言い知れぬ不安で、胸の奥がきゅうと痛む。

ただ、理由を聞いたところで教えてくれる気もしないので、何か別の話題をと考えて、ふと思い出した。

「そういえば、推理の最初に先輩が悩ましいと言っていたのは何だったんですか？」

僕は体操着入れを顔に近づけて、疑問を口にした。

推理に入る前、先輩は何かを躊躇《ちゅうちょ》していた。途中で、柳先生を犯人と示す決定的な証拠がないことが判明し、そのことを想定していたのかと思ったが、結局言動の矛盾をついて事件は問題なく解決したように見えた。

「……ああ、それはもういいのよ。ちょっとした向きの問題なのだけど、変動の範囲内として説明はできると思うから」

「向きですか。なるほど」

何の話かさっぱりわからないが、とりあえず返事をする。

「ねえ、雄一。探偵部どうなっちゃうのかな」

少し前を歩いていた京子が、僕を振り返った。

顧問が逮捕されたことで、部の行く末は不透明になってしまっている。

「柳先生、あんなことする人には見えなかったのに、なんで……」

京子は悔しいような悲しいような顔をして言った。

「定年間近だからこそ、何かをやりたかったのかな」

といっても、定年まで二年以上はあったはずだが。僕と同じく、ただの影の薄い先生だと思っていたので、彼の秘めたる感情にはいささか驚いたところはある。

「柳先生が戻ってこないなら、いっそ織坂先生が顧問になってくれたらいいのに」

「それはさすがに無理だと思うよ。教育実習生だし」

「雄一くん」

無茶な要求をする京子をたしなめようとしたら、凜々花先輩に突然名前を呼ばれた。

体操着入れから響いた声色は、なぜか切迫した雰囲気をまとっている。

思わず立ち止まった僕に、先輩はどこか苦しげにこう続けた。

「もう一つ、用事を頼まれてくれないかしら」

§

「先生。お忙しいところ、すいません」

「いいけど、朝戸くん。どうしたんだい？」

いつものように爽やかな笑顔で姿を現したのは、織坂先生だ。

高校の教室に戻った僕は、メッセージアプリで彼を呼び出したのだった。

「榎並さんと一緒に帰ったんじゃないのかい？」

「それが用事を思い出しまして。京子には先に帰ってもらいました」

「用事を思い出した？」

「はい。先生と話したいことがあって」

織坂先生は首を少し傾けた後、女子が一瞬で虜《とりこ》になるような笑みを浮かべる。

「それは嬉しいな。本音を言うと、僕も君ともう少し話したいと思っていたんだ。探偵部の活躍は本当に見事だったからね」

「ありがとうございます」

「それで、話したいことというのは？」

「実はちょっと気になっていたことがあるんです」

「気になっていたこと？」

僕は机に置いた体操着入れに、一瞬目を移した。

「平良さんは煙草の灰を捨てようと、不安定な体勢で手すりに触れた。突然手すりに電気が流れ、その反動でバランスを崩し、前に倒れこんでそのまま落ちた。推理ではそうなりましたが、うちの屋上は手すりを越えても足場が数十センチ続いています。普通はそこに引っかかるんじゃないでしょうか」

「うーん、どうだろう。平良くんは体も大きかったみたいだし、足場に一度引っかかったとしても、前に倒れこんだ勢いでそのまま落ちることはありえるんじゃないかな」

「そうですね。そこで気になったのが、遺体の向きです」

「遺体の向き……？」

僕はゆっくりと頷いた。

「現場写真では、遺体は仰向けで、校舎の壁に足を向けた状態で倒れていました。屋上から前のめりに落ちた場合、うつぶせになるような気がしませんか」

「勢いがついて、空中で前に一回転すれば、仰向けになると思うけど」

「ただ、その場合、足は校舎の壁と反対を向くはずです」

「単純に考えればそうだけど、落ちた時の角度や回転で、どういう状況もありえるんじゃないかな」

織坂先生は形の良い眉をひそめた。

「ごめん。さっきから君が何を言いたいのかよくわからないな。確かに少し気になることかもしれないけど、現象としてはどれも十分に起こりえるし、偶然による変動の範囲内だと思うけど」

「僕もそう思います。ただ、これらの小さな疑問を解消する、もう少しいい状況があることを思いついたんです」

「いい状況？」

織坂先生は二、三度瞬《まばた》きをする。

「はい。それは平良さんが一度手すりを越えて、改めて元の場所に戻ろうと手すりを触った時に電気が流れた場合です。彼の上半身は通電の衝撃で反射的に後ろに飛ばされます。そのまま落ちたとしたら、写真の通り、足が校舎を向いた状態で仰向けになる」

「……なるほど。確かにそのほうが遺体の状況は説明しやすいけど、今度はなぜ彼が手すりを越えていたのかという疑問は残るよね。煙草の灰を捨てるためにわざわざそんな危険なことをするかな」

「それは考えにくいと思います。ただ、どうしても手すりを越えたくなる理由があれば可能性はあるのではないかと」

「どういうことかな？」

「例えば、お金です」

僕は落下現場の写真を思い出しながら言った。

「平良さんの持ち物の中に、湿った一万円札がありました。柳先生は他人から巻き上げた金だろうと言っていましたが、例えば、あの一万円札が、手すりの先、手を伸ばしてもぎりぎり届かないような場所に置いてあったとしたらどうでしょう。勿論、飛んでいっては困るので、重しとして小さな石を乗せていたりしたでしょうが」

「……」

「そんな場所に一万円札があるのは不自然ではありますが、平良さんはお金への執着が人一倍強い人でした。喫煙している時に目に入れば、無理をしてでも確かめようと考えてもおかしくはありません。煙草を咥《くわ》えたまま手すりを越え、一万円札を手に取る。お札が湿っていたのは、長くポケットに入れていたのではなく、雨が残った濡れた屋上に置いてあったからです。確認してポケットにしまい、元の場所に戻ろうと手すりを掴んだ」

僕は右腕を持ち上げ、手すりを掴む真似をした。その手をぶるんと震わせる。

「その瞬間に手すりに電気が流れた。そして、反動で後ろに落ちた。どうでしょう？」

「面白い考え方だけど、致命的な欠陥があるよ。柳先生は、平良くんが喫煙場所に現れた時に、密かに貼っていた糸が引っ張られて合図が鳴るようにしていた。その時点でスイッチが入り、手すりに電気が流れていたはずだ。なのに彼は手すりを平然と乗り越え、一万円札を手に取り、戻る時だけ電気ショックを受けたと言うのかい？」

「そんなのは糸を付ける先を変えておけばいいんですよ」

「……」

織坂先生は静かに吐息を漏らした。

「事件の前、柳先生が階段室に貼りつけていた糸を密かに外し、適当に短く切って、一万円札の裏に貼り変えておくんです。そうすれば、平良さんが手すりを乗り越え、一万円札を拾い上げた時に、初めて糸が引っ張られて合図が鳴ることになります。勿論、糸はすぐに外れるように緩くつけておきます。何も知らない柳先生は、平良さんが屋上に現れたと考え、スイッチを入れる。しかし、その時既に平良さんは手すりの向こう側にいる。戻ろうと手すりに触れた時に、初めて電気刺激を受ける」

「なるほど、確かにそれなら綺麗に説明がつく」

織坂先生は深く頷いた後、こう続けた。

「理屈上はそのほうが遺体の向きを説明しやすいし、より確実に平良くんを死に追いやることもできると思うんだけど、実際、柳先生は一万円札を使っていないはずだよね」

「はい」

僕はあっさり認めた。

なぜなら、いつか京子が言ったように、柳先生は給料を全て奥さんに取られて、一万円の捻出《ねんしゅつ》が困難と思われるからだ。それに、柳先生は平良さんの一万円をカツアゲしたものだと考えていた。つまり、柳先生はあの一万円札の仕掛けはしていないことになる。

「でも、遺体の向きは、一万円札を使ったトリックが最も説明しやすいと思うんです。もし平良さんが喫煙しなかった場合は、後で回収すればいいだけですし、非常に簡単で効果的な仕掛けです。あの場所は平良さんの喫煙場所になっているので、他の生徒はまず近づかないですし」

「だけど、犯人の柳先生はやっていない。結局どういうことだい？」

首をひねる織坂先生に、僕は解答を告げた。

「それは第三者――つまり、あなたが一万円札の細工をしたんです」

「……」

沈黙がしばらく教室を支配した後、織坂先生は、慌てて手を振った。

「いやいやいや、何を言っているんだ、君は。確かに細工だけならできるかもしれないけど、そのためには事前に柳先生の犯行計画を知っていなきゃいけないことになる。柳先生が僕にそんなことを打ち明けるはずがないし、さすがに非現実的だよ」

その通り、と体操着入れの中の凜々花先輩がつぶやいた。

「だから、遺体の向きの不自然さは、私も偶然の産物だと思っていた。だけど、それが可能になる状況があることに気がついた」

　僕は続いた先輩の言葉を正確に伝える。

「それは、織坂先生。あなた自身が柳先生をそそのかした場合です」

「……」

「柳先生は多少鬱屈《うっくつ》したところはありましたけど、こんな大それたことをやれる人間ではありませんでした。彼は何十年もここで変わらずに教師をやってきた。最近あった変化といえば、あなたという人間が周囲に現れたことくらいです。お金も人付き合いもない柳先生に近づいて、そんな話ができるのは教育実習生のあなたくらいでしょう」

「だから、僕が怪しいと？　いくらなんでも他人をそそのかして犯罪に走らせるなんてできるわけ――」

「いえ、織坂先生。あなたならそれができるんです」

　確信めいた先輩の言葉を、僕はそのまま教育実習生に告げた。

「……一応聞くけど、証拠は？」

「あなたは証拠を残すようなヘマはしません。それにおそらく直接的な指示は一切せず、柳先生自身が計画を思いついたように誘導したはずですから。本人すら操られたことに気づいていないと思います」

織坂先生が少し微笑んだ気がした。

いつも生徒に見せていたものとは、まるで質の違うその妖艶《ようえん》な笑みは、僕のよく知っている人にどこか似ていた。

「あまりにも荒唐《こうとう》無稽《むけい》な話だけど、仮にそうだったとして、僕の動機はなんだい？」

「多分、半分はあなたの楽しみ。もう半分はこの学校で不可思議な事件を起こすことそのものにあったんです」

「ははは」

どこか感嘆の色を含んで、織坂先生は笑った。

「朝戸くん。君は僕のことがわかっているのかい？」

僕は机に置いた体操着入れに視線を落とし、もう一度まっすぐに相手を見た。

「ええ、あなたは――」

「凜々花先輩のお兄さんですね」

織坂先生はすぐには答えなかったが、先輩を彷彿《ほうふつ》とさせる酷薄な微笑が答えだろう。

「兄はずっと声色を変えていたし、わたしは理科室で机の下にいて彼の姿を見ることはなかった。だけど、時季外れの教育実習生という不自然さに、もっと早く気づくべきだったわ。九十九《つづら》に織る坂。水無しの瀬。奈落の室。織坂というのは後光院《こうこういん》家の者が外で使う名前の一つなの。榎並さんがその名前を口にするまで気づかなかったのは迂闊《うかつ》だったわ」

僕にだけ聞こえる声で、先輩が言った。

そういえば、先輩が織坂という名前を聞く機会が、事件後の帰り道までなかったことを思い出す。

「変わってないわね。兄さん……」

後光院家は県北の山間《やまあい》にある、古いしきたりが残る旧家だと聞いたことがある。先輩は高校の時から家を離れ、マンションで一人暮らしをしていたが、まるで避けるように実家の話をしたがらなかった。

「織坂先生は、凜々花先輩を探しに来たんですか」

先輩の兄は、薄い笑みを顔に張り付けたまま答える。

「ああ、家の言いつけでね。あいつが失踪《しっそう》して半年以上経《た》ったからさ」

「身分を偽《いつわ》って、学校に入り込むなんて問題になりますよ」

「俺が大学生で、教育実習を受けにきたというのは事実だよ。ただ、この時期にねじこんだのは、後光院の意思だけど」

「一体、後光院というのは何なんですか」

「君が知る必要はないことさ」

織坂先生は腕を組んで壁にもたれかかった。

長い足を組んだ様は妖《あや》しく美麗《びれい》で、夜を舞う貴公子のようだ。

「学校に入り込み、方々を調べて、あいつが作ったという探偵部にも首を突っ込んでみたけど、痕跡は発見できなかった。凜々花は謎に目がない奴だったからな。なにか気になる事件があれば、生きていれば必ずどこかで気配を感じるはずだと思ってね」

「それで柳先生を利用したんですか」

「教育について学ばせてくださいと飲みに誘う。彼の努力を褒め称え、あなたはもっと認められるべき人間だ、もっと学校のために大きなことができる人間だと囁《ささや》き続ければそう難しいことじゃない。コンプレックス、自尊心、妬《ねた》み嫉《そね》みをうまく刺激するんだ。仕掛けについてもさりげなくヒントを与えたけど、あまりにも不確実な計画だったから、幾らか手を加えてあげたけどね」

簡単に口にするが、会って間もない相手を密かに誘導して犯罪に走らせるなんて、普通そんなことができるはずがない。凜々花先輩が言うから従っているが、にわかには信じにくい話だ。

ただ、実直な教育実習生の仮面を外した今の彼を目の当《ま》たりにすると、そこには確かに得体の知れない真実味があった。

凜々花先輩は普通の女子高生ではないが、その兄もやはり尋常ではないようだ。

「それにしても心配だね」

「心配？」

「事件の後、俺は老教師の頬を平手打ちしただろう。実はあれは暗示を解く合図なんだ」

「……」

「可哀そうに。肥大化した自尊心は消え去り、きっと今になって罪の大きさに恐れおののいているんじゃないかな。警察の隙をついて、死んだ生徒の後追いをしなければいいけどね。人の心は壊れやすい」

薄く微笑んだ織坂先生は、昏《くら》い瞳で僕をじっと眺めた。

「おや、動揺しないね。君も普通ではないようだ」

「……これまでの会話を僕が全て録音していて、警察に提出したらどうします？」

「こんな話を誰が信じるかな。ただ、録音などしていないと思うよ。俺を呼んだのは、罪を糾弾《きゅうだん》したいからではないだろうからね」

その通りではある。

僕は倫理観に乏しい人間なので、彼の所業に対して特に怒りはない。

あるのは未知の存在に対する不穏な感情。

そして、小さな喜び。

凜々花先輩は、公には失踪という扱いになっている。警察に探してもらうには、親族が捜索願を出す必要があるが、先輩の実家はそれを拒否したという。

だけど、ちゃんと探そうとはしてくれたのだ。

先輩の部屋の郵便受けが開けられていたこと。

黒野《くろの》医師への不審な電話。

探偵部ホームページへの不正アクセス。

ここしばらくの一連の出来事が、今一つに繋がった。

「先輩を探そうと動いていたのは、後光院家だったんですね」

「ああ、その通り。法医学者に電話をしたのは母親の命令を受けた召使いだけどね。そんなやり方で情報が得られるはずがないというのに、実に短絡的でまいったよ。おかげで俺が派遣される羽目になった」

「つまり、後光院家は、凜々花先輩を必要としていたわけですよね」

「何を言ってるんだ。俺が来たのは、あいつが本当に死んでいるかを確かめるためだよ」

「……」

僕は唇を引き結んで、目の前の体操着入れを見つめた。

中からは、何の反応もない。

「詳しい話をするつもりはないが、あれは一族の厄災《やくさい》となる女だ。警察は色々と杜撰《ずさん》だからね。後光院家としては人任せにせず、一族の者を派遣して確実に死んでいるのを確かめたかったわけだよ。無事に死体を確認できれば、祝福の宴《うたげ》がひらかれるだろうね」

先輩の兄は、妹の死に祝福という言葉を使った。

「凜々花はそう遠くにはいけないはずだから、生きているとしたらこの町のどこかにいるはず。教育実習の傍《かたわ》ら、あちこち当たってみたが、生存の痕跡は見当たらなかった」

織坂先生は腰に手を当て、軽く息を吐いた。

「最後の確認として、あいつが気になるであろう事件を起こしてみたけど、凜々花が現れる前に、君に謎を解かれてしまったな」

今回、時季外れの教育実習生に、僕たちは好きなように振り回された。事件の早期解明は、彼の思惑通りにさせなかった唯一の小さな勝利と言えるかもしれない。

織坂先生の切れ長の瞳が、僕を正面から捉える。

「朝戸雄一くん。君が推理をする様は、まるで凜々花を見ているようだった。君は一体何者だ？」

「ただの高校生です」

「はっ」

　織坂先生は大仰に肩をすくめる。

「凜々花の生存は今のところ未確認と家に報告するしかないね。曖昧《あいまい》な報告をすると親父がうるさいんだけどな。一応、君の存在も伝えておこう」

「あいにくですが、先輩は元気ですよ」

　僕の言葉に、体操着入れの中から、息を呑む音が聞こえた。

　先輩は確かにもう死んでいる。

　でも、元気だ。

「……興味深いね。だが、警告しておこう。あれと関わるとろくなことがないよ」

　先輩の兄は、静かに答えて、僕に背を向けた。

　気が向いたら、一度後光院家に遊びにおいで――最後にそう言い残して、彼は教室を出ていった。

§

「雄一くん。あなたにしては無茶をしたわね」

帰宅後、先輩の頭蓋骨を学習机に置くと、そんな第一声が発せられた。

「そうですかね」

「落下事件の後、すぐに死体の状況を見に行ったり、落下者が自殺ではないと率先して警察に伝えたり、兄に必要以上につっかかったり。いつものあなたにはあまり見られない行動だわ」

確かに、僕は目立たず静かに暮らしたい人間であり、自ら厄介ごとに首を突っ込むことは極力しないタイプだ。

ただ、今回だけは事情があった。

そう、今日は特別な――

「だって、先輩の誕生日じゃないですか」

頭蓋骨にぼんやり浮かんだ先輩の瞳が、大きく見開かれる。

「……覚えていたの」

「当たり前ですよ」

死体となった凜々花先輩には、久本《ひさもと》さんのように、誕生日を祝ってくれる親友や彼氏の存在はない。むしろ、血縁者にすら疎《うと》まれている状況だ。

僕は机の引き出しを開け、『世界未解決犯罪』と表紙に書かれた本を取り出した。以前、先輩に帰宅が遅いのを咎《とが》められた時は、これを買いに行っていたのだ。

僕は本を閉じたまま、先輩の前に置く。

「ただ、こんな活字より、せっかく事件が起こったなら、それを先輩に解いてもらうのが一番喜ぶんじゃないかと思いまして」

「それで積極的に事件に関わったわけね。せっかく事件が起こったなんて、随分《ずいぶん》と不謹慎な言い方だわ」

「す、すいません」

「それに今回の件で、あなたは後光院家に目をつけられた。これからどんな面倒に巻き込まれるかわからないわ。あなたの想像以上にあそこは厄介な家なの」

「はい、すいません……」

僕は素直に頭を下げた。できれば先輩の兄とは二度と関わりたくないが、向こうが僕を放っておく気はないかもしれない。先輩と二人でただ静かに暮らしたいだけなのに、一体どうしてこうなってしまうのだろう。

先輩は僕の行為に怒っているのか、両の瞼を固く閉じている。

まるでなにかを耐えているかのように、薄い唇は引き締められたままだ。

長い沈黙が空間を支配した。僕は恐る恐る先輩に問いかける。

「あの……先輩」

「……ありがとう」

ぽつりと漏らされた言葉に、僕は思わず顔を上げた。

頭蓋骨に重なった先輩の魂は、ゆっくりと瞼を開いた。黒真珠のような瞳がうっすらと濡れているようにも見える。

「雄一くん。わたしは変わらない。前にそう言ったのを覚えている？」

「は、はい。ですが――」

この機会に、最近の先輩らしくない行動について尋ねてみようとしたら、彼女は静かにこう続けた。

「そう、わたしは変わらないのよ。命を失った時から、わたしの時間は止まっているのだから。変わってしまうのは、あなたなの、雄一くん」

「……」

僕は思わず開きかけた口を閉じた。

「冬が過ぎて、春が来る。三年生は卒業していく。あなたはもうすぐ二年生になる。わたしがあなたと出会った頃と同じ学年に」

ふいに訪れた春一番が、窓枠をカタカタと揺らした。

庭に並ぶ枯れ木には、新たな季節の兆《きざ》しが、ほのかに芽吹いている。

「また……髪が伸びたわね、雄一くん」

「え、あ、はい」

急な指摘に、頭に手を当てると、先輩はゆっくりと言った。

「わたしの髪は伸びないの」

「……」

「季節が巡るたび、あなたは少しずつ歳《とし》を取り、成長していく。時の止まったわたしは、すぐにあなたに追いつかれ、そして追い抜かれてしまう。それが自然の摂理というもの。だって、あなたは生きていて、わたしは死んでいるのだから」

「先輩……」

僕は小さく呻いた。

彼女が死んでも、僕たちの関係は変わらない。

ずっとそう思ってきたけれど。

生者と死者。その断絶を先輩がそれほど強く感じていたことに気づけなかった。

「生きているあなたは、やがて日常に追われ、謎への興味を失っていく。急に推理を任せるようにしたのも、積極的に謎解きに関わってもらえば、その時が来るのを遅らせることができるかもしれないと――我ながらあまりに非論理的で浅はかな行為だったわね」

僕が気になっていた不自然な行動の意味を口にした凜々花先輩は、自嘲《じちょう》するようにふっと息を吐いて、「でも――」と続けた。

「まさか……死んだ後に、誕生日を祝われるとは思わなかったわ」

先輩は伏せていた瞳を、上目遣いで僕に向ける。

頭蓋骨にほんのり浮いた紅色の唇が、躊躇するように何度か開閉した。

「……雄一くん。わたしは、まだあなたの先輩でいられるのかしら」

僕はゆっくりと、大きく頷いた。

「先輩は、ずっと僕の先輩です」

僕が歳を取れば、先輩も歳を取る。

先輩が歳を取れば、僕も歳を取る。

「だって、僕は生と死の区別が曖昧な人間ですから」

「わたしとしたことが見込み違いだったわ」

凜々花先輩は、これまでに聞いたことのないような穏やかな声色で言った。

「あなたはそういう人間だったわね。ずっと前から、変わらずに」

僕は思わず笑った。

先輩の頭蓋骨も妖しく微笑んだ。
僕らが歩む道は、決して明るいものではない。
いつもひんやりと冷たく、血の匂いがうっすらと漂っている。
それでも、今だけは祝おうと思う。
暗い夜の終わりに差す陽光のように。
凍える冬の果てに咲く野花のように。
たとえあなたが骨になっても、祝福の日は訪れるのだから。
新たな季節に願いを込めて。
二人のこの薄暗い道程が、どうかいつまでもいつまでも続きますように。

※この作品はフィクションです。実在の人物・団体・事件などにはいっさい関係ありません。

集英社オレンジ文庫をお買い上げいただき、ありがとうございます。
ご意見・ご感想をお待ちしております。

●あて先
〒101-8050　東京都千代田区一ツ橋2-5-10
集英社オレンジ文庫編集部 気付
菱川さかく先生

たとえあなたが骨になっても
死せる探偵と祝福の日

集英社
オレンジ文庫

2020年10月26日　第1刷発行

著　者　菱川さかく
発行者　北畠輝幸
発行所　株式会社集英社
〒101-8050東京都千代田区一ツ橋2-5-10
電話【編集部】03-3230-6352
【読者係】03-3230-6080
【販売部】03-3230-6393（書店専用）
印刷所　凸版印刷株式会社

※定価はカバーに表示してあります

ISBN 978-4-08-680348-9 C0193